格致文库

伺母日记

曹乃谦 著

山西出版传媒集团
北岳文艺出版社
BEIYUE LITERATURE & ART PUBLISHING HOUSE
·太原·

图书在版编目（CIP）数据

伺母日记 / 曹乃谦著 . — 太原 : 北岳文艺出版社，2019.1

（格致文库）

ISBN 978-7-5378-5738-3

Ⅰ . ①伺… Ⅱ . ①曹… Ⅲ . ①散文集 — 中国 — 当代 Ⅳ . ① I267

中国版本图书馆 CIP 数据核字（2018）第 257817 号

书　　名：伺母日记
著　　者：曹乃谦
责任编辑：关志英
书籍设计：鸿儒文轩 · 书心瞬意

出版发行：山西出版传媒集团 · 北岳文艺出版社
地　　址：山西省太原市并州南路 57 号
邮　　编：030012
电　　话：0351-5628696（发行部）
　　　　　0351-5628688（总编室）
网　　址：http://www.bywy.com
E - mail：bywycbs@163.com
经 销 商：新华书店
印刷装订：北京中华儿女印刷厂

开　　本：787mm × 1092mm　1/32
字　　数：117 千字
印　　张：6.75
版　　次：2019 年 3 月第 2 版
印　　次：2019 年 3 月北京第 1 次印刷
书　　号：ISBN 978-7-5378-5738-3
定　　价：48.00 元

目录

第一辑

第二辑

第三辑

第一辑

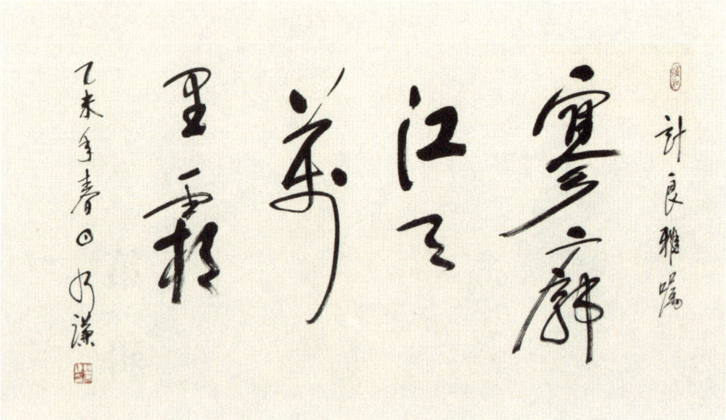

出 行

当炕的煤油灯头“突突突”跳了三下，换梅说，跳喜呢，跳喜呢。她这么一说，把怀里的娃娃给说醒了。娃娃没哭，睁开眼看她。她赶紧又把身子左一下右一下地慢慢摇晃，就摇晃就低声地哼着自己编想出来的调调，“噢，噢，睡觉觉。有人问动出村了。噢，噢，睡觉觉。有人问动上山了。”她在炕头坐着，灯光把她的影子打在身后的墙上，那影子也在跟着她一摇一晃地摇晃。摇着摇着，怀里的娃娃又睡着了。换梅把娃娃卧在炕上，在娃娃的脑门上亲了一口后，就开始做准备。

炕上的娃娃叫招人，是个男娃，七个月大了。

招人不是换梅的，是隔壁院六嫂的。六嫂的男人和换梅的男人是重叔伯弟兄，爷爷的爹是一个人。

换梅很小心地把锅里的小米汤倒在铜瓢里，倒的时候，尽量不要米。娃娃还小，她怕娃娃喝的时候让米颗儿把他给呛着。她抓了一把白砂糖加进米汤里，就用筷子搅。搅了一阵后，吮吮筷子头，又抓一把砂糖加进米汤里，再搅。搅搅，再吮。觉得行了，就放下筷子涮水壶。这是把日本军用水壶，是她跟男人要的。她男人叫曹敦善，在外头跟日本鬼子打游击。春天男人走的时候她说你把这把水壶留给我哇，我出地锄田的时候好装水。男人就把水壶留给了她。

她把水壶涮了又涮，涮了又涮，直到闻着没有了铁锈气才放心。她怕有了铁锈气娃娃不喝。她用勺子把米汤灌进水壶里，擦净，拧好盖儿。掂了掂，水壶沉甸甸的。她笑了。心说狗日的小日本儿真日能，看这水壶做的。她把水壶放在炕上，从泥瓮里够出早就准备好了的吊床。她家没有箱箱柜柜这样的东西，泥瓮就顶是箱箱柜柜，有啥也往这里头放。

她这个吊床实际是块白布。这块白布实际上原来是个洋面袋。她把它拆开后洗净了，又在四个角儿缝上八根布带，四根长的四根短的，做成个吊床。她把吊床展开，把四个角的四根长带子抻了抻，觉得很结实，就放心了，又去做别的。她从泥瓮里摸出个鸡蛋大小的麻纸包儿，也没往开打，只是用手攥了攥，放在鼻子底下闻了闻。这里面包着洋烟膏，是最有用的东西。又能治病又能换钱。她又从锅台下的灶坑底掏出个油纸卷儿，里面卷着二十个银元。她找出块包花布把洋烟、银元、白糖，还有后晌就蒸好了准备着当干粮的白面馍馍裹在一起。掂了掂，也是沉甸甸的。她又笑了。心说有了这就饿不死。她又从泥瓮背后够出一根铁钎，这是她从娘家带来的。做姑娘的时候，她拿着这根铁钎，就敢在夜里看田，无论是狼还是坏人她都不怕。

十三岁那年的一个半前晌，她爹要担着瓜到各村去卖，临走时吩咐她说你甭出来，看狼的。她说我不怕，你走你的。她爹说叫你甭出你就甭出。她说噢，我不出。她爹给瓜房的门口外头堵了两捆干树枝，担着瓜走了。不远处的树丛后早就躲着一只狼，是只绿灰色的母狼。见她爹走远了，那狼就钻出来，围着瓜房转了几圈后，就跳上瓜房顶，四个爪爪齐使劲，用力地刨。它这是在吓唬里面的小孩，只要小孩一哭，它就要跳下来，扑撞堵在门口的树枝。它不住气地刨，直刨得房顶都露了亮儿，都能闻嗅到里面的人的味道了，可还听不见娃娃的哭声。它哪会知道，里面的娃娃她根本就不怕。她心里机明，只要你不从门口进，再刨房顶你也下不来。怕有土坷垃掉在头上，她靠后墙圪蹴在小土炕上，两手紧紧地攥住铁钎，缩住脖子看房顶。露亮儿的窟窿眼儿越来越多，也越来越大，有的大得都能看见狼的肚皮了。这时她骂了一声“爷日你灰祖祖”的同时，身子往起一用力，手中的铁钎狠狠地冲上捅去。尖利的铁钎刺进了狼的肚皮，又从脊背穿了出去。狼痛得一声一声嗷嗷叫，一下一下地想跑，可就是跑不了。穿进身子里的铁钎和房顶的椽棒绊住了，跑不了。它越跑越痛，越痛越跑，可咋跑也跑不了。她在房里紧紧地抱住铁钎不松手，热乎乎的血顺着铁钎流下来，又顺住两条胳膊流在了她的身上，她还是不松手。后来她觉出那血越流越少越流越慢了，她还是不松手。再后来她觉出房顶的狼已经不动弹了，可她还是抱住铁钎不松手。直到听见是爹爹在门外面往开搬树枝捆，她才哇地放开声嚎哭起来……

泥瓮后还有把大片刀，是她男人打日本鬼子时的武器。他有了二把盒子后就把大片刀留在了家里。可大片刀太显眼，这次她不拿，只拿她的铁钎。她坐在炕沿上，像磨刀似的把铁钎在鞋底绑上磨蹭，直到磨得铁钎在油灯底下能看出闪亮儿才住手。她出了屋，站在当院抬头看看，三星快正了，也就是说快半夜了，该睡会儿了。她返进家，抱起娃娃把接着，嘴里“唏唏唏”地打着口哨，让他在地下撒了一泡尿，然后吹灭灯，上炕搂着娃娃睡下了。

她心里装着事，横竖睡不着。鸡叫头遍的时候，她干脆又爬起身，点着灯，把锅里剩下的三碗稠米粥全都吃进肚。用尽

微風燕子斜
癸巳三月

量小的声音洗了锅碗后，她出院给草驴把那半捆黄苗莜麦扔在跟前。她已经给它扔过半捆了，她要叫它吃得饱饱的，吃得腿肚子硬硬的，这样出路。喂完草驴，她又返回屋一宗一宗地从头清点上路的东西。她一下子想起个该办的事。她把馍馍和白糖取出来，用笼布重新裹成一个卷儿，这样就可以用来给娃娃在路上当枕头了。做完这一切，她就单等着天麻亮的时候动身起程。

娃娃的哭声把她惊醒，一看，天已经大亮。她急了，一边哄娃娃一边骂自己。

日你灰祖宗，咋闹呀？

走不走？

走！

一准是老天爷该叫这件事发生。街上有几个人，地里也有几个人，但都离得很远。他们只看见她赶着毛驴出了村，好像要到村外去放驴，可没看见驴肚下的吊床，更没看见吊床上头有个娃娃。

一准是老天爷该叫这件事做成。吊床上的娃娃本来是醒着，可他却一声也不哭，任凭吊床一悠一晃地把他悠晃出村。

出了村，她头也不回就一跃身上了驴背。屁股上挨了一拳头的小草驴，“咯噔咯噔”颠着碎步，过了一个村又一个村，一路向北跑去。

走出有二十里，她“吁吁”地让驴停下来。按原来的盘算，她要一路都骑着驴去大同，可她走着走着又改变了主意。她觉得让人家的娃娃和驴都丢了那就太不好了。

她弯腰看看，她的招人在吊床里又给睡着了。她嘴里“招人，招人”地呼唤着，解开捆拦着招人的那四根短布带，把他从驴肚下抱出来。招人睁开睡眼，冲她笑了一下就又闭住眼睛睡着了。

看了看，白馍枕头包还在。她把吊床从驴身上解下来，跟草驴说你回哇。草驴看她，她把草驴往返回的路上推推，用铁钎照它的屁股打了一下说，回去。草驴听了她的，迈开步向前走，可它就走就回头看她。她扬起铁钎大声喊说，回去！草驴这才尥开蹄子朝南跑了。她知道，六嫂家的驴也是全村出了名的灵。她相信，它准能在吃晌饭前回到家里。

她坐在路边的一个树墩上，从肩膀卸下军用水壶摇了摇，拧开盖儿，含了一口里面的甜米汤，嘴对嘴地喂招人。招人顾着睡，不咽。她说，不吃甭吃，快快走。她把白馍枕头用吊床包好斜挎在右肩，把米汤水壶斜挎在左肩，把铁钎斜插在怀前的裤腰带上。摸摸肚里揣着的银元和洋烟，紧紧抱着熟睡的招人，大步大步地向北走去。

这一天是公元 1949 年的 8 月 26 日。

这个叫换梅的女人，当时是三十一岁。

这个叫换梅的女人，就是我妈。

她怀里抱着的招人，那就是我。

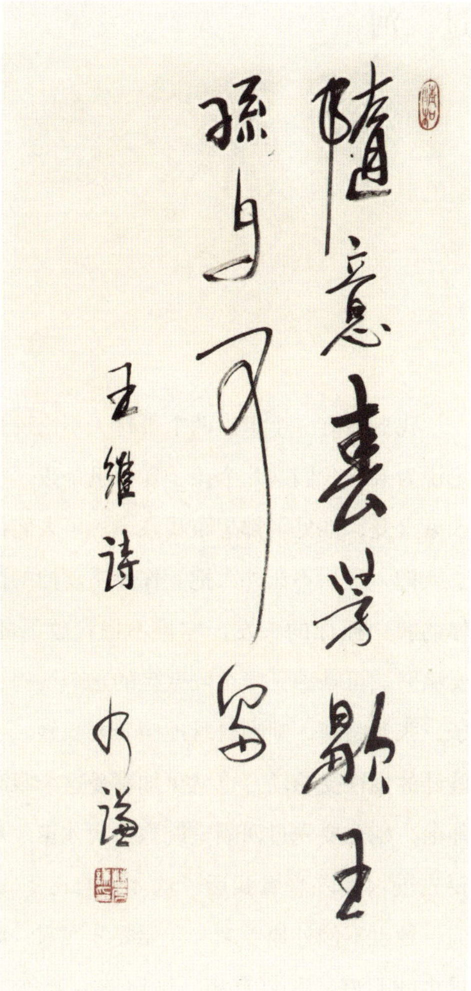
随意春芳歇王
孙自可留
王维诗

过　河

我上边有一个姐姐两个哥哥。不论说长相不论说机灵也不论说为人，我们这几个孩子在村里是拔了尖的。半岁的我更是人见人爱，谁见了都想跟我亲亲。可人们都感到日怪的是，除了换梅，我从不让外人抱。你要是硬抱的话，我就两手使劲推你的脸，抓你的头发，你再不把我放下的话，我就张开大嘴要嚎哭。可唯独见了东隔壁院的这个换梅，我却是主动欠着身子，张开胳膊，咿咿呀呀地叫着要找她。这让结婚八年还没有娃娃的她很受感动，也就更加喜爱这个眼睛大大的小招人。出地前，她总要先过西隔壁院抱抱我才走。从地里回来，她也总要先进六嫂院看看我后，这才回自己家做饭。就连黑夜睡觉前，她也不例外地要来和我耍耍才回家，要不的话，她夜里连觉也睡不好。我要有病，她比谁也着急。病要好了，她比谁也高兴。当我在五个多月黑夜就能离开奶后，她就常常把我抱到自己家，第二天早上给我洗了脸梳了头，再给头发上抹点麻油，才给六嫂送过去。她跟六嫂说招人的头发黄，老抹麻油就能变黑。我的脸老是干干净净的，头发老是光光的亮亮的。她太喜欢我了。她跟村人说“我爱见得他恨不得把他给吃了”。

头天的晚饭前，换梅到隔壁院六叔家借毛驴，说第二天一大早要回娘家一遭，赶后晌就返回来了。那些日家里没有用得着毛驴的活儿，六嫂很痛快地就答应了。见换梅要出门，炕上的我咿呀咿呀地伸出两手，要叫她抱。她弯腰亲了一下我的脸蛋说，婶儿还来。换梅把毛驴牵到自己院，吃完饭就真的又过来了。逗着我耍了一阵跟六嫂说，干脆我今儿还抱走他呀，明儿去娘家时再给送过来。六嫂说，不怕他给你尿褥子你只管抱去。

第二日一大早六嫂就等着换梅来给送娃娃，可等到男人从地里回来该吃早饭了，还不见她把娃娃给送过来。这个时候早就该给娃娃喂奶了，她打发女儿招仙到隔壁院去往回抱招人，可招仙回来说换梅婶儿的院门锁着大锁子。

那一准是把招人也给抱她娘家了。这个灰女子，我这儿奶憋着，可娃娃却得饿着，这个灰女子。六嫂在心里骂着换梅，可也没办法，只好得等。一直等到快晌午的时候，听见草驴撞开大门进院了。但又等了一阵，却不见换梅抱着招人跟进来。这个灰女子。她就骂就跳下地，到隔壁院去找。可她看到的是，换梅的院门仍然吊着大铁锁。

吃过午饭起了晌，还不见换梅和招人回来，六嫂有点急了，打发男人到换梅的娘家钗锂村去找。

钗锂村在下马峪的东面，距离下马峪村十二里路。可是，他们怎么也想不到，我妈已经抱着我，过了应县城又朝北走出二十里，这时候正站在桑干河的南岸上发着愁。

阴历七月的桑干河是水势凶旺的季节，最深的地方足有四尺，最窄的地方足有五六丈。这个，我妈知道，她是听男人曹敦善说的。可她也听男人说过，这个季节有背河的，给一块大洋就可以背你过去。可眼下的这个时候，两岸空空的。除了她和怀里的娃娃，再也看不见一个活人。

看着翻腾的黄泥水像开了锅似的向东滚去，再看看怀里的娃娃，我妈一次又一次地打消了想蹚河渡过去的念头。

她退出河岸找了处草地坐下来，打算就吃干粮就等等，看有没有个行路的或者是出地受苦的人，求他们来帮一帮。可她等了足足有一个时辰，连半个鬼影儿也没等住。

怎么办，往回返？她记得出了应县城不远有个村子，到那里去雇个背河的？可这最少得往回返十五里。六嫂他们要来追的话，那正好就会碰着。不能。出也出了，说啥也不能再叫捉回去，要是那可就全完了。

不能往回返。过！

出也出了。过！

死活也过！

不要再犹豫，就按过的来。

按过的来，那就想想过的办法。

她先选择过河的地方，她不在这个有路的地方过。她认为这里河面窄，水一准很深。她就往西走就察看，最后选定了一处河面又宽水面又平的地方，她决定从这里过。

她用树棍做出两根拐杖，过河时好拄。这样，在水里就稳当，摔不倒。她用吊床布把娃娃紧紧地缠捆在背上，让他的肩肩和自己的肩肩齐平。这样，既不会把娃娃掉下去，也不会让娃娃呛了水。她把裤带系紧后又绾成死疙瘩。这样，怀里揣的那两样东西就掉不下去。她像冬天戴捂耳朵棉帽那样，把馍馍和白糖包包盘系在头顶。这两种是怕湿的东西，路上也是不可以缺少的东西。她把水壶拧紧，重新挎好。她把铁钎重新插好。她把两个裤腿高高地挽起来。她把两只鞋脱下来，别在背后的裤腰里。

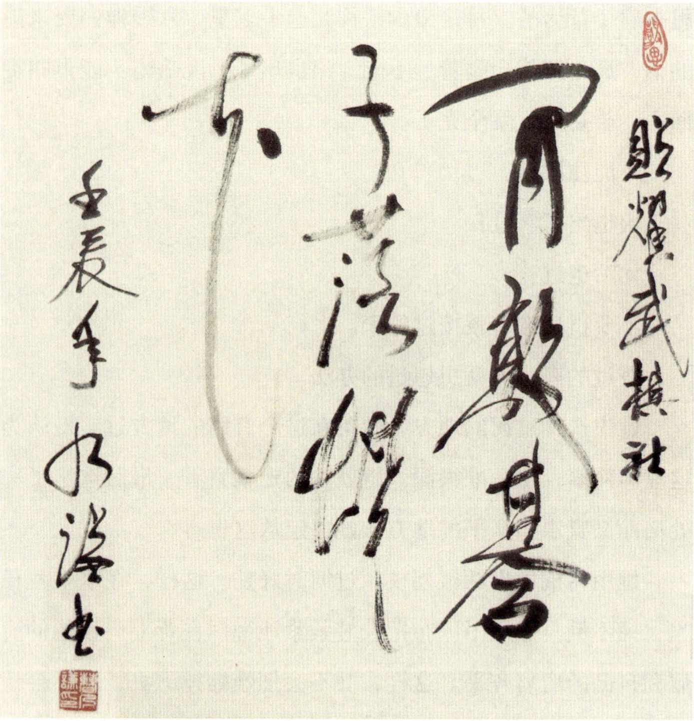

想了想，一切都妥当了。最让她高兴的是，她背后的娃娃一直在很好地配合着她，既不哭也不闹，任她摆布。

招人，咱们过哇？她说。

我在她背后“咿呀”了一声，算是回答了她。

好，你说过咱们就过。她说。

过，死活也过。她说。

要死咱们死在一起，要活咱们一起活。她说。

过！说着，她就慢慢地蹚进水里。迈一步，她用树棍探探深浅，再迈一步再用树棍探探深浅。

当水没过膝盖又爬上大腿时，我妈觉出不对头，她赶快站住。流水在狠死地揪扯她的裤子，她觉出如果再往前迈一步，非要把她揪倒不可。她小心地往后退了几步，那揪扯的力量才小了些。

她返转身上了南岸，坐下来定定神。

她想起男人说过，那背河的汉子们都是精光着身子。看来也得这样。

脱！

她看了看四周，半个人也没有。她把衣裳都脱掉，和那几个包包卷在一起。她决定先把娃娃送过去。她还照着先头的绑法，用吊床把娃娃紧紧地缠裹在背上。她拄起树棍狠狠地说，过！

有了头一次的经验，这次她是稍稍地戗着水，斜着往上游走。光着身子，好走多了。可当蹚到河心时，她感到一阵一阵的目眩，一阵一阵的头晕。她赶快把眼闭住，两手让树棍紧紧支撑住水底，站定在当河心。可是她又觉出脚底的河沙在刷刷地往走流，身子也好像在随着沙子的流动在往下陷。她赶快又睁开眼，往前迈了两步。可这时头又开始晕，目又开始眩，还觉出一阵阵的恶心，她赶快又把眼闭住。脚底的沙子又在流动，她有点慌了。可她一想到背后的娃娃，马上又把心稳下来。怕越陷越深，她没往开睁眼就赶快往前挪动脚。紧急中，她决定就这么不睁眼往前走。试了试，很好，头不晕了。她一下子把心放下来，也不慌乱了。就这么，她闭着眼，慢慢地一点一点地往前挪。挪一段，睁一下眼，看看方向，再把眼闭住往前挪去。终于觉出河水一截一截地从心口窝儿往下退去，退去，退到了大腿根。这时，她松了一口气，把眼睁开。离北岸没水的地方只有两丈多远近了，最让她高兴的是，每多走一步，河水就浅一截。当浅到膝盖的时候，她把树棍扔上岸，甩开胳膊大步大步地向前迈去。猛的，她被什么绊了一下，打了个踉跄，“啪嚓”一声朝前倒在了河面上，水花向四处溅去。她急忙忙地往起站，可还没等站起身就又给滑倒了，“扑通”

一声坐在水里。幸好这次她是跌向了浅处，但她再也不敢往起站了，四脚着地，爬到了岸上。

精神紧张加上剧烈的活动，使得我妈连一点力气也没有了，坐在地上呼呼地直喘气。一下子，她想起了背后的娃娃。想起了这接二连三的一跤又一跤，却没听见娃娃的哭声。她的心“嗖”地冲起一股凉气，头皮一下子觉出麻酥酥的。掉河里啦？用手一摸，在。呛死啦？她一边“招人招人”地呼喊着，一边快快地解开了布吊床。

没事。一看娃娃不仅啥事也没有，还在跟她笑。看见她的招人还活着，她却一下子给哭了。紧紧地搂抱着我，呜呜地哭开了。

她是给吓哭了。也是高兴得哭了。

她缓了缓，用裤带把娃娃拦腰拴住，把另一头拴在地边的一棵小树上，不让娃娃往远爬。她把空吊床围系在脖上，跟娃娃说了声“等我着”就拾起树棍过了对岸，把所有的东西用吊床缠紧在背上，背过来。

在一处平静的水湾，我妈给我和她自己把身上的泥糊糊都洗净，又清洗了所有的泥衣裳，然后重新装束起来，找见大路，又继续向北走去。

走着走着天黑了。

走着走着她被一伙拿红缨枪的人拦住了，盘问了一阵，把她领到了一个村子，又盘问了一阵，把她安顿在一个农民家里。这个村子叫清水河，距离怀仁城十里。

这一天，我妈背着我离开下马峪村，总共走出了九十多里的路程。

杀 狼

我妈的目的地是大同。她听男人说过，大同离咱们下马峪村有小二百里。她知道，六哥六嫂连应县城都没进过，他们不可能追到那里。只有躲到了大同，招人就完完全全是她的了。她知道她男人起先就在那里打小日本，后来小日本叫打跑了，跑回到他们的东洋去了。现在她男人就在大同做事，只要找到了男人，就能在那里生了根、落了脚，长久地住下来。招人就再也用不着回村露面，他永远也不会知道谁是他的亲爹亲娘。这些，她是在村里就想好了的，而且是盘算了好几个月，才定下来这么做的。

正如我妈盘算的那样，六嫂两口子到她娘家没找到招人，他们也猜测我妈一准是寻找曹敦善去了，可是他们只听说曹敦善在外面做地下工作，可并不知道是在哪个地下。有人说是在张家口，有人说是在绥远，也有人说好像是在大同。他们又去了一趟钗锂村她的娘家，可她娘家的人也不知道。他们是真的不知道。做地下工作，那是尽量要保密的。六嫂他们真是一点法子也没有了，只好就那样了。他们再一想，换梅爱见招人，对他一准也错不了。这是命。

命里注定的事，是没法子更改的。

可有一点我妈没有预料到，那就是，她认为六哥六嫂有四个娃娃，少了一个最小的招人还有三个大的在眼前。他们心里麻烦上三两个月，也就会慢慢地把这件事淡忘了。可是事情并不是像我妈预料的那样。丢了招人后，六嫂吃不下饭睡不着觉，一日一日拖下去，拖拉出了病。为了给六嫂治病，六哥连草驴也卖了，可还是没用。就在第二年的正月十五，也就是在招人过一周岁生日的那天，六嫂丢下了家人，去世了。

我妈给这家人带来的灾难，她是在以后才知道的。

清水河村的那些拿红缨枪的人跟我妈说，路上没碰着土匪算你的运气好，应县到怀仁的路上尽土匪，就连桑干河也没人敢在那里背河。他们又说大同城在 5 月 1 日解放了，政府抓周边环境的治安。怀仁到大同虽说是没土匪，可有狼，劝她小心些。她笑笑说，没事。

第二日我妈又背着我出发了，继续朝北走去，用她那两条腿再去走那余下的九十多里的路程。

出了怀仁城不到一里，路过一座砖桥，桥下有几条狗正在厮打。那些喉咙发出的怪调都已经变了样，不再是汪汪的了。我妈一听就知道，它们都是在拼命。“日你灰祖宗，就好像是叼住了死娃娃。”这样想着的同时，往桥下一看，她立马打了个冷战。那些狗确实是为了一个死婴孩在争战。其中的一个大块头黑家伙，从当腰把死婴孩牢牢地含咬住，正左突右突地想冲出包围圈。别的狗不让，一面跳来跳去地堵着它的路，一面瞅着它嘴里的娃娃。有个黄狗终于找到机会，猛扑上前咬住了死婴的一条胳膊。一阵拼力的争夺，死婴的那条胳膊被撕扯下来。黄狗含着血淋淋的胳膊转身跑走了，有两条狗汪汪叫着又向它追去。

我妈让这残酷的场面给惊吓出一身冷汗，走出有好几里，她还不住地回头张望。她把我紧紧地抱着，好像那群狗就要追上来，来抢她的娃娃。走着走着，她猛然想起，如果按照清水河村民的说法真要碰着狼的话，我的怀里抱着娃娃那可不行，那就没法子跟它抵挡，一准要吃亏。这样想过，她就像过桑干河那样，赶快用布吊床把我紧紧地缠裹在她的背上，让两只手腾空出来，好应付那些想不到的事情。她又从路边找到一根树

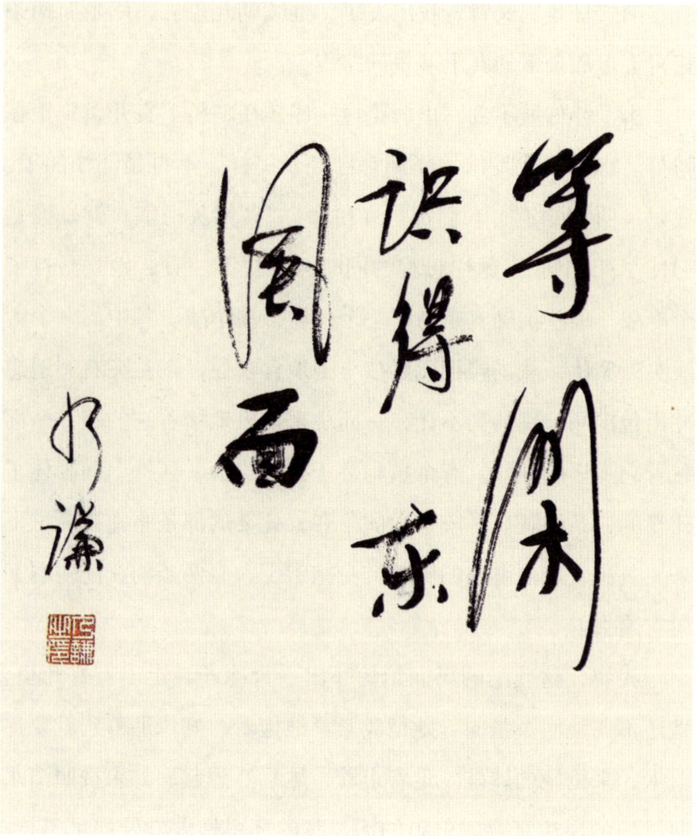
等闲识得东风面

棍，拄在手里。铁钎，她还把它插在怀前的裤腰带上。狗怕弯腰，狼怕抽刀。到用得着的时候再往出抽也不迟。

我妈的这个准备实在是太有必要了，不然的话，以后的结局是个什么样子，那可真的是难说了。

当她的身影越来越短，太阳挪到了当头顶的时候，她走进了一片平坦的盐碱地。这片盐碱地很大，走了好几里也没走完，左右也看不到边。凡是盐碱地都不能种庄稼，种也长不出苗。像这样又平坦又没庄稼的地势，一般来说是没有狼的，狼不喜欢在这样的没有隐蔽的地势活动。可我妈她偏偏在这里给碰着了狼。

这是一只奶着崽子的母狼。它也是饿急了，才在大中午出来游食。好不容易碰着了我们，一看是个背着娃娃的矮小女人，就跟在了我们的后面。狼是种很会盘算的动物，它的做法是，选中了猎物后并不急着下手，也不偷偷地猛然袭击。它要观察一阵子，还要在下手之前向你发出宣战。

它跟着跟着，坐在地下，长嘴头朝着天“呜——呃”嚎了一声。眼睛却还在瞅着前边的人。

狼！我妈一下子站住了。

日你祖祖，真碰着了狼！

我妈停在原地没有动弹，也没回头看。过了一会儿，她不慌不忙地圪蹴下来，把两只鞋脱掉，一手一只，“啪！啪！啪！啪！”狠劲地敲打地面。这当中，她偷偷地看了看身后。那只坐在地上一直在观察着我们的狼，听到了“啪啪”的声音，吓了一跳，呼地起来，倒着往后退了几步。

日你灰祖宗，一只，这可是要跟你来真的了。我妈心说。

我妈听她爹说，如果是在内蒙古草原上碰狼是怕碰到群狼，可是在雁北地区碰狼最怕碰一只。

雁北地区的狼游食的时候往往是分开走，单独行动。如果同时碰到几只的话，只要你不理它们，它们也就不理睬你。但要碰到一只游食的狼，那就不一样了，两不相干地谁也不理谁的走开这种情况是很少的，结果往往是非得决出个高低才算。

我妈倒掉鞋里的砂土，重新穿在脚上。跺跺脚，假装没看见后边有狼，又慢慢地朝前走去。

背后有娃娃，这让我妈有点紧张，但她心里清楚，只要你不显出慌乱和害怕的样子，那狼在一时半会儿是不会扑过来的。她一再跟自己说，沉得稳稳的，不能呼叫，更不能奔跑。一呼叫狼就猜出你是怕它了，即使你跑得再快，那半里路它立马就会追了上来。

她慢慢地走着。用耳朵听着背后的声音，慢慢地走着。

她在心里嘱咐背后的娃娃，千千万万在这个时候不能哭闹。狼一听到他的哭声，就增加了胆量，说不定马上就会下手。她背后的娃娃我没哭，我不知道有什么危险的事要发生。这时候的我，正在用手探着要我妈的头发。

她还在心里祷告着老天爷，盼着能有行路的人这时候从对面走过来。这样他们就合成一伙儿，把狼赶走。

走着，走着，她稍微侧了一下头。还在。那狼。还是跟她拉着半里远近的距离，跟着在后面。她心说，看来今儿是躲不过去了。

我妈原先是用右手拄着树棍的，这时换到了左手，她腾出右手，时刻准备着往出抽腰间的钢钎。她把树棍拄得“噔噔”地响，把脚步踏得“啪啪”地亮。速度还不加快，还照原先那样，稳稳地向前走着。

又走了一段路，她又偷偷向后看了一眼。那狼还是不前不后不紧不慢地跟着。这时，她停了下来，索性把身子也向后转过去，面对着狼。她想看看站住后，那狼会有什么反应。

那狼看见我妈立在原地不走了，它也停了下来。后来干脆就坐在地下。它也在琢磨，在等待，也要看看对面的这个小女人究竟要干什么。

僵持了一阵，我妈掠转过身，起步向前走去。可没走几步，她听到那狼在背后又给嚎叫了一声。她只好又转过身。一看，不好。狼把和她的距离缩短了，她已经能看见狼嘴里那白森森的獠牙。

那狼看见她又站住了，也停下来。可这次它并没有往地下坐，而是用两个前爪爪很快速地在地上挖刨。不一会儿就刨起一大片土雾，把它自己整个儿罩在了雾里。

我妈知道那狼是在发信号，是在示威。它已经等不及了，要进攻。她还知道，在这种紧急的情况，人必须得采取主动。

“日你灰祖宗。今儿就是个你，就是个爷。”我妈说着，就采用了在路上就想起的，她爹在早些年就教给她的办法。她猛然把树棍用左手高高地直直地举起来，不往下放，就那么一动不动地举着。

果然有效，那狼停止了刨土。四条腿儿收拢着，立在原地看她，弄不明白这个矮小的女人怎么一下子高出了那么许多。

趁那狼犹豫的当儿，我妈用右手把插在裤腰带的钢钎，像拔刀似的猛然抽出来。在日头的照射下，钢钎的亮光“刷”地一闪，那狼让吓坏了，调过头向路外跑走了，就跑就还回头瞭望。

趁这个机会，我妈也返转身，连走带跑，急急地向北赶去。赶出二三里的样子，突然，那狼又出现了。这次不是在后面跟着，而是迂回到了前面，迎头堵住了我妈的去路。我妈刚刚才放下的心又“咯噔”一声提了起来，她向两旁张望，想寻找援助。就在这关节眼儿的时候，她看见路旁不远的地方有个看瓜房。先头顾着赶路她没注意，原来已经走出了盐碱地带，路两旁都有了庄稼。

我妈又把树棍高高举起，右手紧握钢钎，侧着身，向瓜房挪去。

那狼看着她高举着的树棍和她手中的钢钎，虽没有马上就往前扑，却也紧紧地一步一步跟着逼过来。

一步又一步，再有十来步就要到了瓜房门口。那狼顾不得太多了，身子下蹲，往后一坐，眼看着它的腿只要一用力就会扑上来。紧急中，我妈把左手的树棍冲着狼扔过去。那狼一跃身，把树棍按在地下。趁着这个空当，我妈三步两步闪进了瓜房，紧握钢钎，守住门口。

日你灰祖宗。来哇，今儿就是个你，就是个爷。进了瓜房，我妈大大地松了口气，狠狠地说。

见我妈进了瓜房，那狼急了。把按着的木棒狠死地拨在身后，大尾巴左一下右一下甩着，把地拍得“啪啪”响。

看着狼蹦左蹦右地干着急，不敢往前扑，这时候的我妈放心多了，胆量和勇气也更大了。可她知道狼一旦冷静下来，是很有计谋的。它如果明白过来，假装走了，却藏在什么地方，等你出来。那可就坏了。不行，看来今天就是个你死我活了。她决定趁着这阵子天大亮的时候，也趁着那狼正在气得发毛的时候，把它干掉。

她左手紧紧抓着门框，右手紧紧握着钢钎，弓着前腿，后脚蹬着炕厢，腿跪在地上。她做好了发力的准备。

日你灰祖宗，来哇！ 今儿就是个你，就是个我。我妈跟狼狠狠地说。

来！吃你祖祖来。她把身子往门外挺挺，跟狼说。

来！给你条大腿。她腿往外伸伸说。

那狼让她给逗火儿了，也或许是饿得太厉害了。它非要把眼前的这个女人和娃娃吃了才算。终于在我妈又往门外假装挺身的时候，扑了过来。我妈的身子往后一闪的同时，身子又往前一用力，紧握着的钢钎狠狠地捅了出去，迎合着扑过来的狼。

不偏不正，那钢钎一下子从狼的嘴里就刺了进去。

“哇”的一声，狼急转身就跑。可它没跑几步就“扑通”一声，摔倒在地下。这时，我妈才发现，钢钎不在自己的手里了，那是让狼给带走了。也就是在这个时候，我妈才想起，刚才那“哇”的一声，不是狼在嚎叫，而是背后的娃娃在啼哭。那是因为她把娃娃的头让门框给碰了。

我仍在哇哇地大声嚎哭着。

哭吧哭吧，咋哭也没事了。

别哭别哭，你看那狼在地下挣扎。

你看你看，它好不容易挣扎起来了，却又给摔倒了。你看，它这次不是爬着，而是重重地侧面给躺倒了下来。

等我妈安顿住了我不再嚎哭，那狼已经快没气了。只有后腿在一下一下地蹬。它的嘴大张着，钢钎的手柄露在外面。

当我妈走向前，从它的嘴里往出拔钢钎的时候，狼的眼睁开了。看了一眼跟前的这个小女人，又闭住了。我妈清清楚楚地看见，那狼的眼里给滚下了一溜带血的泪蛋蛋。

我妈看着它那瘪塌的粉红色的肚皮，看着它肚皮上的那一溜黑色的大奶头，她想象出有几个刚长上了毛的娃崽子，在窝里滚来滚去地爬着，噢呜噢呜地哼叫着，在盼着它们的妈妈快快回家。可是，这已经不能够了。

这不能怨爷。我妈说。

谁叫你想吃爷和招人。我妈说。

谁叫你往上扑。我妈说。

走哇，招人咱们走哇。我妈说。

看看老天爷，日头已经大西斜了。

返回房里喂过娃娃，我妈觉出了渴，也觉出了饿。这时她才看清，远处有几个烧砖的窑，原来这个救命的小屋并不是看瓜房。她站在房外往四处瞭望，想看看有什么能吃的东西。比如高粱啦玉米啦，这些都能生吃，要饿得厉害了，山药蛋也可以生吃。这时候有狗叫声传过来。她吓了一跳，赶紧拾起刚才扔出的那根打狼的树棍，快快地返进小房里。

不一会儿，跑过来三条大黄狗。可它们不是冲着她来的。它们远远地围着死狼转圈，又不敢离得近，只是大声地咬叫。又过了一会儿，有两个提着步枪的后生也喘着气跑过来了，围着死狼看。有一个说就是，就是这个家伙。另一个也说，就是。

咋死的？吐了一地血。

就是。咋死的？

这时候，我妈从小房出来了。他们看见她袄袖上的血。

是你？俩后生同时问。

它要吃我的娃娃。我妈说。

眼前的这个连五尺高也不够的小女人，能打死这么大的一只狼，他们实在是有点怀疑。可后来又在小房里见到了她还没来得及把血擦掉的钢钎，就完完全全地相信了。

这两个提着枪的后生是秀女村的民兵，他们的任务就是带领着三条狗，捕杀这只祸害村民的坏东西。他们每人拖起一条狼腿，把它拖了回来。他们把我妈也领回了村。

秀女村的人们像欢迎武松似的欢迎着我妈，像观看吊睛白额大虫似的都想看看这只把他们害苦了的大母狼。

这天晚上，我妈香香地吃了一顿油炸糕，还用开水烫了烫已经起了血泡的两只脚。她的招人我也跟着受到了款待，把甜甜的人奶吃了个够。第二天早晨上路前，房东女主人又把我饱饱地奶了一顿。

离开老家下马峪村的第三天中午，我妈背着我来到了大同城。但让她没有想到的是，无论到哪儿，都找不到我爹，无论问谁，都打听不到有个叫曹敦善的人。

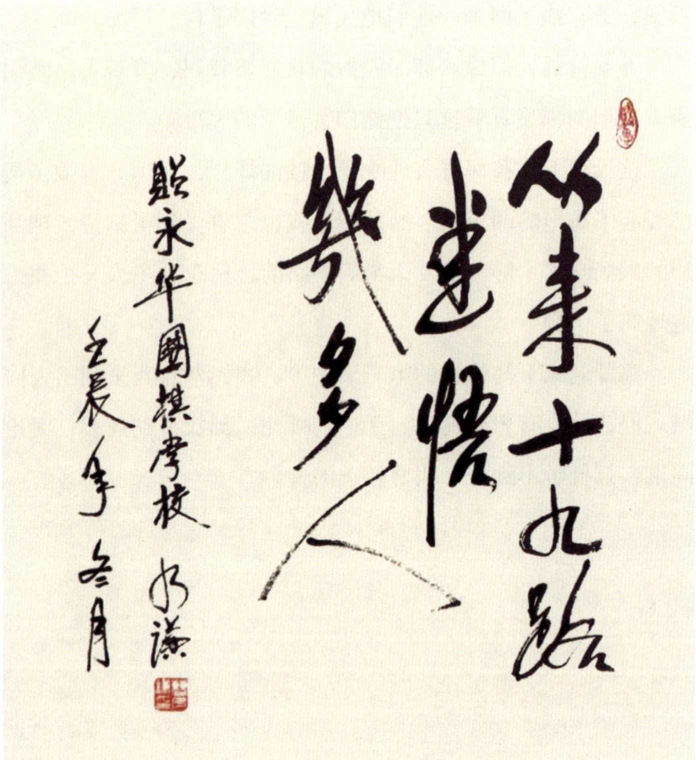
从来十九路
迷倒几多人
贻永华围棋学校
壬辰年冬月

讨　饭

我妈是在她二十三岁时，由姑父给说媒，嫁到了姑父的下马峪村，跟一个比她大六岁的后生曹敦善结了婚。

曹敦善为五，跟着哥哥的小名儿万万往下排，村人们叫他五老万。爹爹曹卓手里虽然有二十多亩地，但在下马峪村那算是穷人。可爹爹还是在农闲时，靠卖苦力让这个小儿子念了三个冬天的书。这就是：爹爹给一家有钱人白铡一冬天牲口吃的草，那个有钱人供曹敦善陪着他的娃娃在应县城上一冬天的学堂。曹敦善尽管是个陪读生，也总共陪了那么三个冬天，但由于他本人的勤奋和好学，居然也学出了个样子，在十年后的 1941 年，也能在村里的冬闲时当私塾先生，教村里的穷人家的娃娃认“赵钱孙李”“杈杷扫帚”这一类的字，还教他们“人之初，性本善”“天对地，月对风”这一类的知识。

当年县城陪读时认识的一个同窗学友，在1943年的有一天到了下马峪村，偷偷地把曹敦善发展成中共地下党员。第二年，他就离家出走了，在大同的周边地区打游击、搞土改。具体是在哪个县哪个区，他从来没跟家人透露过，只笼统地说是在大同。这倒不是他不说老实话，这是组织的纪律规定的。

1949年的5月1日，共产党接管大同，成立市委。但在这之前，大同一直是国民党的统治区，共产党的组织和活动是在暗处，不公开。这也就是人们常说的在做地下工作。做地下工作的都是单线联系，只认识领导你的人和被你领导的人，各做各的工作，各完成各的任务，别的不多问，问也不知道。为了保密，那些出门在外参加工作的，都把自己的真实姓名变更了。即使是原籍在哪里，家里情况如何这样的问题，也只有组织里的个别人掌握着，其他人是不清楚的。曹敦善的现用名叫楚修德。这个，我妈她根本不知道。

当我妈抱着我来大同的时候，那个叫楚修德的人正在远离大同市八十里的北山区，为了剿清那里“出没无常、时有发生”的土匪活动，没明没黑地工作着。难怪可怜的我妈磨破了嘴皮，跑断了腿，两个月过去了，也没把个她所知道的“在大同做地下工作”的男人曹敦善给找到。

来到大同的头一夜，我妈和抱着的娃娃是在一处大门洞里度过的。

她原以为还像在乡下那样，幼儿弱女的敲开哪家门还不让住一宿，所以也就没先急着想想夜里该在哪儿睡。等着天已经很黑了，哪儿也打听不到男人的消息，她才开始找住处。第一家只牙开个门缝儿，有个瘦女人在里边问说找谁。我妈解释说从乡下来的找男人没找到。还没等她再把下话说完，瘦女人很生气地说：“你男人不在这儿！”说完“叭”一声把门磕住了。第二家干脆连门也不开，也不问你有什么事，任你敲，不理你。敲第三家时，她就敲就解释，门总还是给打开了。一个男人问，你说你男人是干啥的？我妈回答说是个做地下工作的。那个人说，都啥时代了，还地下工作，我们可不敢留你。说着也把门关住了。我妈有点泄气了，可她一想到背后的娃娃，就鼓起勇气又敲开了一家。

你有钱吗？

有。

有你住店去！

我不是钱。有，我有那个……我妈想说银元又想说洋烟，都没说。

有那个。看你也是个卖货。有那个你就到别处卖去哇。

我妈气灰了，转身就走。走呀走呀，走到了一处高坡儿深门洞。她犹豫了一阵后，一步，一步，迈上了台阶。她没再敲门，坐在了砖地上，她实在是太疲劳了，一步也不想再走了。

外面很静，静得能听见远处的大街上有洋车在按铃儿的声音。

有只狗悄没声儿地“嗖”一下从门洞前窜过。

第二日没等天黑下来，我妈就打问住处。她再不敢去敲居民们的门了，最后在火车站附近选定了一家管吃也管住的客店。三天收一个银元。吃的是份儿饭，中午和晚上各有一个白面馒头，余下是粗粮。最让她高兴的是，这家客店一天三顿饭都有小米稀粥。这样，她的招人就也有的吃了。睡觉的地方是条能躺七八个人的通头大土炕。炕上铺着高粱秸席子。每人给一个枕头，别的啥也没有。我妈很满足。她心说，这总比睡门洞好，总比在半夜把娃娃给凉着好。

一条炕上还住着个奶娃娃的女人。我妈一直在瞅看着她。在她奶完娃娃要扣扣子的时候，我妈提出说也想让她给奶奶我娃娃。那个女人看着我妈。我妈说我没奶，一点也没有。那个女人想想说，那你把稀粥让我喝。我妈说，我给你馒头。那个女人说，行。这样，我妈每天能用自己的两个馒头给她的招人换来两顿奶。可惜的是，那个女人住了三天就走了。我妈还盼着能再住进个奶娃娃的女人，可是又过了三天，还是没盼来。

这不行，光喝米汤这不行，这非得把娃娃给饿坏。我妈退了客店抱着我往城东走去。在前些日找寻男人的时候我妈到过城东，见东门外一过河再上个坡梁有个叫曹夫楼的村子，她心想村里人好说话，就决定去那里给娃娃碰碰运气。她确实也去好了。她在那里找到了点打短工的营干。大同地区的地势高，天凉得快，庄稼也收得早。她帮一家人收割庄稼，条件是让女主人每天给她的招人喂三顿奶。这家的女主人奶足，人也挺好，实际上每天能给我饱饱吃四五顿。我妈很感激这家人，拼着命地给他们受。把该割的都割倒，再一背一背地背回场面，摊开，等着让日头往干晒。这个当中再去地里起山药蛋，背回来入了窖。场面的东西正好也晾干了该打场了。她没明没黑地在那家苦苦受了有半个多月。但她为了娃娃，受死也高兴。

返回到城里，我妈又住进了火车站的那家客店。又是每天大街小巷地绕，见了挂牌子的大门就进，进去问问认不认得一个就在大同做地下工作的叫曹敦善的人。大同的机关、学校、商店、医院都让她进遍了也问遍了，可就是没问出半点她男人的音讯。

一眨眼，又是半个月过去了。

这当中，她在客店过了个八月十五。

这当中，客店还给所有住店的人白吃了一顿油炸糕。客店掌柜告诉他们说，这一天是中华人民共和国成立的日子。

就在那一天，楚修德作为剿匪英雄，被市委召回大同参加国庆盛典，出现在了主席台上。第二天的《大同报》报道主席台上的名单，也刊登着“楚修德”这三个字。可是，即使我妈知道楚修德正是她的男人曹敦善，可也没用，她不会看报，因为她是个文盲。

楚修德不知道他的女人正在大同，开完会的当天下午就骑着他的大洋马又回到了北山区。

老天爷一日比一日凉了，杨树叶子也已经开始发黄。一早一晚儿，有的人把棉袄也披在了身上。可我只穿了个夹腰子和一件单褂子，下身光着屁股。我妈也还是来的时候那一身单衣裳。自个儿不说，啥不啥不能把娃娃冷着。她花了一块银元给她的招人买了一个瓜壳帽一双袜子，还买了布和棉花买了针线，给娃娃做了一件棉袍。她把我装扮得好像个小地主。她自己却啥也没舍得添补，因为只剩下两个银元了，她不敢再花了，万一有个特殊的情况，她得把这用在娃娃身上。

又住了五六天，客店掌柜的催我妈交钱。我妈跟他商量说

能不能再宽让几日，等找见男人一并儿打。一听没了钱，掌柜的立马变了脸。吩咐伙计往下剥她娃娃身上的衣裳。没办法，她只好拿出洋烟顶了账。

就这样，在又一天的早晨，我妈和她怀里的我饿着肚子让给轰出了客店的大门。

这可咋办呀？

回？回老家？

不！不能！即使是回了娘家村，也保不住得让把招人给硬要走。那可是做不得。那简直是要换梅我的命呢。

不！不回！死也不回。死也要和我的招人死在一起。

我妈正这么想着，客店门房的那个驼背老汉气喘吁吁地追上来。跟她要走了军用壶，让等着。过了一会儿，老汉给满满地灌来了一壶小米粥，还塞给我妈两个夹着咸菜的玉茭面窝头。

我妈眼泪汪汪地望着驼背老汉急急地走远了，这才坐在马路边喂娃娃。

这件想也没想到的事，更加坚定了我妈不回老家的决心。

好人总要碰到。

要饭也不回去。

对！要就要。要饭怕啥？

偷人抢人丢人，要饭又不丢人。

就是从这天开始，大同城的四大街八小巷六十二条绵绵巷里，又多出了一个要饭鬼，多了一个抱着小孩挎着水壶拄着钢钎的要饭鬼。

这个要饭鬼不但跟人要饭，她还要给她怀里的娃娃要奶吃。

“可怜可怜娃娃哇，给娃娃吃口奶奶儿哇。”起初，她看见奶着娃娃的女人才这么说。

“可怜可怜娃娃哇，给娃娃吃口奶奶儿哇。”后来，她不管跟谁都这么说。

“可怜可怜娃娃哇，给娃娃吃口奶奶儿哇。”再后来，她不管看见人看不见人，就走就这么说。

人们都说她疯了。

她不是疯，她是让娃娃给急的。

眼见得怀里的娃娃一天一天地瘦了下来，她急的。

过了些日，我妈的背后不仅多了一个要饭的布口袋，还多了个一尺高的洋铁桶儿。有时候她给娃娃要不到小米粥，她就用砖头在墙角把铁桶儿架起来，捡些柴炭生着火，自己煮饭。没米就熬面糊糊。米面都没有，就把要来的窝头揉碎，放在桶儿里煮。

熬完粥，火还不能让它熄灭了。穿着单薄衣裳的她靠住墙角，把穿着棉袍的娃娃抱在怀里，让我朝着火的那面，来取暖。我妈就用这样的方法，抱着我熬过一个又一个寒冷的夜。

那日的中午，她从北关要饭回城。进了城门洞，听到有小娃娃的哭声。她不由得就站住了。她已经养成了一个习惯，每听到有小娃娃的声音就要不由人地站住，她是想求孩子的妈给她的招人喂口奶。这次的声音是从岗房里传出来的。她往前走走，扒在岗房门口往里看。里面有个女人正坐在土炕上给娃娃喂奶。一眼就能看出，那个女人也是个要饭的。她就进去了，求那个女人也"给我的娃娃吃口"。那个女人很爽快地就答应了。说话的当中，那个女人流露出想让她也住在岗房。这些日，我妈正为如何打发这个冬天发着愁，一听这话，她真想往起蹦两下。

招人命好，我就知道招人命好。她心说。

那个女人说她是河南的，家乡常年遭灾，她和男人常年就在外边要饭流浪，要上钱要上粮送回老家。他们就用这种方法养活家里的老人。她还说她男人十天前领着大娃娃刚走，往老家送东西去了。听到这里，我妈忙问她什么时候还来。那个女人说他不来了，还说她男人让她阴历年前也回去。

两岸猿声啼不住

我就知道招人命好，我招人是正月十五的生日，正月十五过生日的哪有个命不好的。她心里说。

我的招人冻不着了，我的招人又有了家可住了，这真是天大的喜事。她心里说。

我妈高兴得当下就打开自己的包裹，把白糖给那女人分了一半。她的白糖是来大同的时候路过怀仁城买的。当时花了一个银元，那个铺子给了五斤。

我妈很仔细地看了看这个家。有灶台，有炕，有盖窝卷，有锅，有笼，有水桶，有水瓮，有碗，有筷子，还有煤油灯。别的没有了。不对，还有。还有最最好的东西，就是那个女人的奶。够了，够了，这真是个好家。梦梦也梦不到还能住上这么好的家。

我妈说，我老家没有谁要我养活，我要得多了，全给你。

这一夜，我妈和她的招人，在暖和和的屋子里，都香香地睡了一觉。

连住两天，我妈没做别的，就拾柴。拾回一背又一背，都快把岗房的地垛满了。

那个女人比我妈大，我妈叫她河南姐。河南姐叫我妈就叫换梅。河南姐有个女娃娃，叫妞妞，比我大，快两岁了，可她就好哭。我妈说，我的招人不好哭，就好笑。

我妈住进岗房的第三天半夜，门"哗嗒"一声被从外面给推开，站进个男人。我妈猛地坐起来问谁，干啥。进来的人划着根火柴，往炕上照照说，好哇，又一个新的。我妈大声喊说，干啥？出去！那男人说，干什么，我这就告诉你我是干什么。说着，把火柴一扔，就往我妈身上扑来，把她按住了。我妈使出力气，把他推倒在地下。日你妈。这个讨吃子劲儿还挺大。那人说着，爬起身，又向我妈扑来。我妈往旁边一闪，他扑空了。这时，炕上的两个娃娃同时嚎哭起来。一听娃娃哭，我妈发了急，从灶台旮旯摸起钢钎，照那人的头上就是狠狠的一下。那人"妈呀"一声，倒在了地上，再没往起爬。

半天不见那人起来，我妈摸住火柴把灯点着。见他还在地下趴着，她不管死活，搐住膀子把他拖到街外，想了想，又把他拖到城门外。

河南姐早吓坏了。不过她也做了一件大好事，在那个男人扔掉火柴往炕上扑之前，她一手一个，早把俩娃娃拉到了炕角。要不的话，娃娃们非得让砸坏不可。

第二天一早，河南姐把我妈推醒说，那个男人不在了，城门外地下有一大摊血，她全给清理了，看不出了。

事后，河南姐承认说那个男人一有机会就要来，前几天还来过。可自从这次挨了打，再没见过他。她说是不是伤势重，死了。我妈说死了他活该，谁叫他往上扑，谁往上扑也没给他股好的。

河南姐的妞妞，有些日在拉肚子，我妈用自己要的钱买回二斤炒大豆倒在炕上，说是吃了能补肚，让她嚼得烂烂的嘴对嘴喂给妞妞。二斤大豆快吃完一半了，妞妞“妈妈妈”的还要。河南姐说，你咋还没吃饱？妈都快吃饱了你咋还没吃饱？我妈一听这话，不由得笑出了声。河南姐问，你笑啥？我妈打岔说，我笑你的娃娃小嘴甜，整天“妈妈妈”地叫不停。河南姐说，招人也快了。我妈掠头问我说，真的吗？你多会儿才能给妈会说话。说完，我妈不由得红了脸。她这是头一次给娃娃当妈。

河南姐很会要饭，每次出去能要好多东西回来。她还给我妈要回一身国民党士兵穿的那种灰棉衣，又脏又破，黑黑的棉花一片片在外面露着。

那天的半后晌，我妈穿着那身又破又肥大的灰棉衣，背着她的要饭布袋，挎着她的水壶，抱着她的招人，拄着她的钢钎，在南戏院门外跟人要饭。她刚说了一句“可怜可怜娃娃哇”，就大张着嘴愣在了那里。她看见了两个人，指画着她，急急地向她走来，走到她跟前。

这两个人一个是她的男人曹敦善，一个是她的弟弟张宏苑。

死哪去了你？我妈冲着男人吼了这么一声，嗓窝哽咽，就再也说不出话，泪蛋蛋急急地扑簌簌滚淌下来。

返　乡

大同市组建肃反委员会，从各区选拔精英骨干，剿匪英雄楚修德被抽调回来。报到后他请假回了老家，这才知道在两个多月前我妈就带着叔伯六嫂的小儿子招人偷跑了，也知道了六哥为了给女人治病把毛驴也卖了。他先替六哥赎回了驴，又留了些钱给六嫂看病，把这都安顿住，就到了岳母村。正好碰到大小舅子宏苑也在村。

宏苑的舅舅在国民党傅作义的部队当医官，团长职务，驻守在张家口。五年前，宏苑到了舅舅那里学医，当了个上士班长。傅作义投诚共产党后，部队改编成解放军。凡不再想当兵的，就发给路费。宏苑就从张家口回了村。听说了姐姐的事，心想她肯定是找姐夫去了。

这下，人们都着急了。不能再耽误，曹敦善和宏苑连夜动身，步行到怀仁，乘坐火车返回大同。

这一家人总算是团聚了。

曹敦善成了我的父亲，他给我和我妈，还有舅舅三个人，到派出所报了户口，于是我们就都成了大同的市民。

我的户口名叫曹乃谦。

我舅舅小名儿跟着村里的叔伯弟兄们排，叫个五子，我叫他五舅舅。他在国民党部队当过兵，他说新中国了，我换个名字吧。我父亲就给他取了个张文彬。

我妈的小名儿叫换梅，可在村里户籍簿上的名字叫张大女。我爹说，难听的，我给你取个张玉香吧。可我妈说管他新中国旧中国，我不换，我还叫我的张大女。

后来我父亲还给我五舅舅找了份工作，在城区供销社当会计。两年后，也就是 1951 年，五舅舅成了家，勤劳的妻子叫何香莲，是一个皮匠的女儿。这是后话。

刚定居大同时，我们搬了几次家，后来搬到城北隅的草帽巷十一号院。那时候我爹不挣工资，他的薪水是小米，每季度能领回一石。一石是一百二十斤，他们买回两个六斗瓮才能够把这么多的小米装进去。捧起那金黄的米，再让它从手指缝儿唰唰地流下去，我妈高兴得不住气儿说，看这米好的，看这米好的。有了这米，她知道她的招人就饿不死了。五舅舅给买回一千斤生炭，又到我爹的单位筛回两麻袋煤渣。他们还买回一只铁火炉安在当地。火炉点着，家暖烘烘的。在村里，只有财主家才生得起火炉。我妈的娘家和婆家，祖祖辈辈都没这么讲究过。她高兴地夸赞说，这热得就像是把日头爷给搬进了家里，招人这下可冻不死了。可后来，她又想到了一宗有火炉的坏处，那就是，怕她的招人学会走路后下了地不小心让火炉给烧着。即使是烧不着，把娃娃的头碰着又该怎么办。那可得小心点，那可是一刻也不能离人。她想，可是，我的招人眼看就快一周岁了，连站都不会站。人家别的娃娃在他这么大的时候，走也会走了。

看着这个不哭也不闹的娃娃，我父亲觉得我活成活不成也是不保准的事。他心里这么想，嘴却不敢说出来。他劝我妈说，要不问个人把娃娃雇奶出去吧。我妈说雇奶出去的娃娃不亲，她坚决不同意。

可总得想个法子才行。

我妈抱着我去找北城门洞岗房的那个河南姐，可河南姐不在了，大概是回老家过年去了。我妈又到东门外曹夫楼村，去求给打过短工的那家女房东。可是不行了。那个女房东又怀了娃娃，奶娃娃的女人又怀了娃娃就没奶了。

没办法，她只好又在四大街八小巷六十四条绵绵巷到处游转。

“可怜可怜娃娃哇，给娃娃吃口奶奶儿哇。”

老住户们看见前些时的那个要饭鬼女人抱着娃娃又来了。可这次出现在他们面前的这个要饭鬼女人的衣裳不再是那身破烂又肥大的国民党灰军装了，而是换了一身共产党女兵常穿的那种双排扣儿的列宁装。包裹在娃娃外边的也不是那个脏兮兮的洋面袋了，而是换了条深绿色的军用毛毯。还有个变化是，这回她不要米不要面，也不要你的钱，只求你给她的娃娃喂喂奶奶。你要答应给她的娃娃喂奶，作为报答，她可以给你家做任何的营生，不收工钱。

“可怜可怜娃娃哇，给娃娃吃口奶奶儿哇。”

我妈替人家拉过备冬的煤炭，替人家把大树墩劈成一小片一小片的生火柴火，替人家粉刷过房裱糊过窗户，替人家拆洗过衣裳被褥，替人家杀过鸡磨过面担过水。只要她的招人能够吃上三口五口奶，她心甘情愿地把自己的汗水贡献出来。她盼着每天每天，前晌后晌都能够有这样的营生可做。她听着招人“咕嘟咕嘟”咽奶水的声音，真高兴。

更叫我妈高兴的是，在正月十五我过生日的那天，会说话了，会叫“妈”了。

再叫。我妈说。

妈。我叫。

再叫。我妈说。

妈。我叫。

再叫再叫再叫。

我妈简直是没个够。

你多会儿才能给妈会站呢，会走呢，会跑呢？会出去跟娃娃们玩耍呢？会背着书包去上学呢？

看着眼前的这个娃娃那细细的脖子，细细的胳膊，细细的腿，还有那一根一根的肋条下面的那颗鼓鼓的大肚，这让我妈多次偷偷地问过自己，我的招人是不是真的能活下去？

我妈在街上老能看见个瞎眼眼老汉，他左手的品足棍儿“噔噔噔”地探着路，右手指捏着眼儿吹横笛。我妈听着他老也是吹着一股调，还看见他的背后老有一伙小孩在跟着他的调子唱：“臭蜜蜂，米到来。去你家，你不在。你妈妈，真正坏。打了我，两锅盖。”

起初我妈不明白这个瞎眼老汉就走就吹笛子是在干什么，后来才知道他是个算卦先生。那天我妈把他引进院，引进家，叫他给她的招人算算。

瞎眼老汉问过了我的出生年月日和出生时辰，把我的两只手和脑袋瓜摸了又摸后，又捏捏我的脚说，这个娃娃的两数不多，但命运很好。如果没算错的话这娃娃的右脚心应该有个黑点。我妈说，我以前不知道，我这就给看看。她脱下我的小袜子一看，吓了一跳，果真有。瞎老汉跟我妈说，这娃娃时时处处会有贵人帮助他，扶持他。而你就是他的一个贵人。

我妈说，我？贵人？我是他妈。

妈是妈。但不是生母。

嗯？

他的生母已经死了。

啊？

这个老汉的话把我妈镇住了，也吓住了。她心想这是遇到了神仙。

瞎眼老汉说，算卦不留情，留情卦不灵。你这个娃娃现在有生命危险。我妈一听，急了，说，神仙，您快给说说咋办？

你甭急，要知道我也是他的贵人。但你得要听我的话，要不听，可就不好说了。

听听听，您说啥我听啥。

那就好。在五月端午节那天你还把他送回到你们应县老家，七岁后你再叫他来大同。这样，他的性命就保住了。

飞流直下三千尺

住到我妈村里行不?

不行，哪来回哪。你还得先把他送到他出生的那个地方。等他学会走路后，才可以住你妈村里。反正是，七岁前不能来大同。

老汉推断说，招人喜欢山野不喜欢水滨，喜欢骑马不喜欢坐轿，喜欢乡村不喜欢城市。他的天资地质和性格爱好注定他不是幕僚政客，而是闲云野鹤。看出我妈听不懂他后面的话，老汉直截了当告给我妈，说你这个娃娃长大以后当不了官儿。

能长大就行，哪怕招人以后是个讨吃要饭的也行，只要活着，健健康康地活着。

听了我妈的学说后，我爹的看法是，城市的医疗条件好，娃娃总比在村里强。但我妈不听，可她担心的是，怕回了村把娃娃让人家给要走。

商量了好几天，最后决定先让我五舅舅回村探探六哥六嫂他们的口气，看看他们的态度。

让我爹和我妈大吃一惊的是，我舅舅从村里返回说，六嫂儿真的死了，就是在正月十五招人过生日的那天死的。舅舅还说，六嫂在咽气前跟人们讲，她听见招人叫了她一声“妈”。

依照算卦先生的指点，公元1950年的农历五月初五，我妈抱着我又回到了下马峪，回到了 1949 年 8 月 28 日那天早晨他们离开的那个家。

炕上的被子还没往起叠，熬小米汤的锅还在煽火风箱上稳着，煤油灯还在后灶台竖着，灯座儿上的那盒洋火还在那儿搁着，这一切的东西都好像在等着主人回来。

我们回来了。

第一批欢迎我们的是房檐下的那一窝胡燕，它们从窝里探出头看看就飞出去了，没往什么地方落，在院子里绕了一圈，又飞进窝里，不一会儿又探出头瞭。

第二批来欢迎我们的是叔伯六哥的那三个娃娃——招仙、招富、招贵。他们都是懂事的娃娃，一概不提大人之间的事。他们问候过五婶后就过来招呼我。

这个说叫姐姐那个说叫哥哥，我跟他们不显生，叫叫姐姐就叫姐姐，叫叫哥哥就叫哥哥。

我妈动手生火烧水，招仙帮着清扫家。招富、招贵哄着我。屋子里一满是欢乐的笑声。

这以后，隔壁院的三个娃娃差不多每天都要过来，跟我耍。母亲死后，十二岁的招仙担负起了家庭主妇的责任，我妈就教她做家务营生和针线活儿。

为了尽全力拉扯孩子，我妈决定不下地去受了，她偷悄悄地打问了个主儿，把土改时分给我们家的地全卖了，共卖了二百块大洋。她给六哥送过去一百，劝他再找上个伴儿。使我妈放心的是，六哥没推让就把这钱收下了。我妈心想，你收了钱，意思就是同意招人是我的了。

六哥收了钱不是为了再娶女人，他要拿这钱供招富和招贵念书。

我妈没跟任何人讲过算卦先生的话，可她觉得瞎眼老汉的话是没一点错的。自回了村，她的招人我学会自己吃饭了。不用人喂，顿顿能吃一颗煮鸡蛋，还能喝下多半碗莜面拌的疙瘩汤。就凭这，我妈相信她的招人不愁长大。

两个月后，我不用人帮助竟然能够自己挪窝儿了。以前，人把我放哪里我就死死地待在哪里，挪动不了地方。现在我能用两条胳膊撑着，像娃娃们滑冰车儿那样往前挪动。又过了些日子，我就一口气能从炕头挪到后炕，转过身歇一歇，又从后炕挪到炕头。我自个儿也为自个儿的进步感到高兴，一有人进来，我就为他们表演这个本事。又过了些日子，我嫌炕小，要下地。

妈，下地。我下地。

以前的我除了睡觉，就是坐在那里摇晃。前后摇晃一阵，再换成左右摇，就摇晃就说着姐姐哥哥们教给我的顺口溜。“小耗子，上灯台。偷油吃，下不来。吓得小耗子直发呆。”在我妈眼里，我那样子一满是个会说话的不倒翁。现在不仅能挪动了，还要下地。我妈同意我的要求，把我抱下地。她知道多多的活动是种锻炼，对身体有好处。最起码能多吃饭。

我妈把我放下地就不管了。看着我撑着两条细胳膊，从家里挪出堂屋，又从堂屋挪出院。两个门闲，我是爬着过的。爬出堂屋门，是一层五寸高的台阶，只有下了这个台阶，才能下到宽广的院里。我试探着先下去一条腿，再把胳膊探住地，然后一个骨碌滚了下去。还没等我妈看清楚，我就又滚坐起来，嘴一扁，像是要哭，可马上又“咯咯咯”地笑起来。我妈先是跟着我笑，笑得笑得笑出了眼泪。

那以后，我每天都要到院里去，滚下台阶就去追赶那些为我下蛋的老母鸡。鸡子们让这个不用脚走路的大头娃娃给吓得到处飞到处跑。一场活动下来，我满头是汗，满身是土，就像是个泥猴。

怕把娃娃的屁股蛋磨破，我妈给我做了两条补裆裤，好为我替换着穿，替换着补。

我妈还把院里的碗碴碴和石头块都抠起、捡掉，把种过的朝阳阳根茬挖起来，然后一趟又一趟地从野地推回十多车儿黏土，撒垫在院里，最后又从河湾找回块平底儿石头，一下又一下把黏土夯砸得平平展展的。她用了整整半个月的时间，给我做出个运动场。

我每天都要在这个光溜瓷实的像打粮的场面的院子里玩耍。招富哥哥用羊尿泡给我做了个气球，我一巴掌先把气球打在远处，随后就“刺溜刺溜”地追上去，再把它打跑，再“刺溜刺溜”去追。我不嫌疲乏，也玩不够。我很喜欢这个游戏。

时间半年半年的过去了。我的裤子上的补丁磨烂一层又一层。

村里人说年龄是论虚岁，我的虚岁已经快四岁了。可我仍然不会站。

难道他长大以后也是这样用手走？难道他真的是个残疾人？我妈经常这样问自己。但她不死心，她跟人说我娃娃睡觉的时候身子也是直直的，跟别的娃娃没什么两样，她相信她的招人总有一天能站起来。

我父亲每到阴历的腊月二十三的前几天，就背着好多好东西从大同回来了，过完大年，再过完正月十五才走。他这次除了给我带回来饼干和面包，还带回来十瓶儿“鱼肝油”药丸儿。我妈先尝了一颗，有股很难闻的鱼腥气。可我不怕。我听说吃了这种药，就能也像别的娃娃那样会站，会走，会跑。我就吃，一天三次，一次三颗，吃。有时候我怕大人给忘了，要主动地提醒说给我吃鱼肝油。

1953年阴历正月十五的中午，我妈在地下洗锅，我爹躺在炕头看书。猛然，他们听到他们的招人在大声喊叫，快！快看！他们一转头，我"嗵"地跌坐在窗台下，带着哭腔说，叫你们看，你们不看。看看，跌倒了。我。

你说啥？我妈问。

我刚才会站了，你们不看。我说。

是？再站！再给妈站。我妈说。

真怨咱们，娃娃会站了咱们没看。我爹说。

这回我们都看。我妈说。

我右手撑着炕，左手紧趴窗台。欠起身子，跪起左腿。左胳膊的小臂横压在窗台上，吃着力。整个身子慢慢慢慢地起来，最后就站立在窗台前。我的左手还趴扶着窗台不敢离开，但我毕竟是已经站起来了。

地上的两个大人就欢呼就鼓掌。

这简直是天大的喜事，世界上再没有比这更激动人心的事了。

我不停地苦练着。不住气地站起坐下，坐下站起。晚上睡觉前，我就能托扶着窗台从左走到右，从右走到左。

这一天，是我的三周岁生日。

从虚岁是四岁的这一天开始，招人我总算是结束了用手走路的日子。

那以后，一天一个变化。在正月二十，我父亲去大同走的那天早晨，我已经能够和我妈相跟着，把他送出村。

我妈还清清楚楚记得算卦先生的话，他说等到招人会走了就可以到姥姥家。她回屋收拾了收拾，就锁住门领我去了钗锂村。在那里住了快一年，一直住到腊月，当我父亲从大同回来度假，我们才返到下马峪。

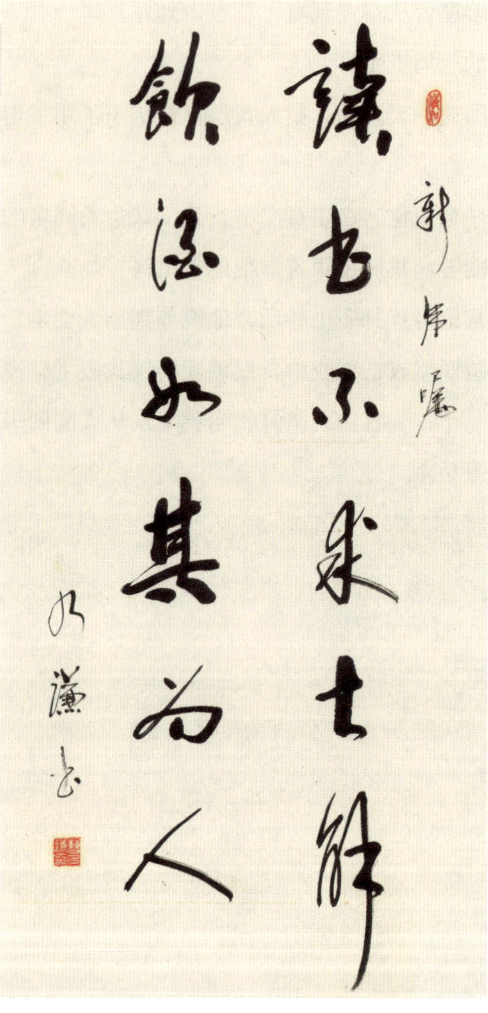
讀書不求甚解
飲酒如其為人

爷 爷

一年后，在下马峪又露了面的我，这时候已经和别的同岁孩子一样，能爬高上低欢蹦乱跳的了，根本看不出我是个学会走路不到一年的娃娃。

我这次回来，差不多天天就在西隔壁院跟哥哥姐姐们厮混。跟他们学唱歌、学画画儿、学写字。

招仙姐姐又会唱又会扭，她想教我扭秧歌儿舞、扭霸王鞭，我不学。

他们发现这个招人兄弟只好唱。

招仙姐姐不仅会唱没完没了的歌儿，还会唱戏。我就跟她学会了一段“耍孩儿”调，回家给爷爷唱。

爷爷，爷爷，我给你唱个戏。我说。

我的招人真日能。快给爷唱他一个。

你听好，好好儿听。甭往断打我的唱。

听好，听好。老汉把两只手遮在耳朵后等着。

我开始唱，“从墙上，飞过来，一群黑牛。哎呀——”

你等等，你等等。爷爷打断了我的唱，你唱的是啥？从墙上飞过来一群啥？

牛。一群黑牛。

日了怪了。牛还会飞？没听说过。

叫你甭往断打甭往断打你要打。

不打，不打，你唱。

我又继续唱：“哎呀——哪咿呀哈，咿呀哈——咿个呀哈咿呀哈，一群屎巴牛——”

啊哈——爷爷让我逗得放声大笑。笑笑笑的，给咳嗽开了。

我奶奶去世早，爷爷平时就在另两个儿子家住，一个月一个月轮着到他们家起伙。我父亲每次回来都要把我爷爷接过来，住在西耳房。

这回我提出要跟爷爷做伴儿，我说爷爷一个人孤零零睡那里，憋闷得慌。

爷爷八十一了，是个个子不高的小老头。戴着一顶瓜壳儿毡帽，就连睡觉也不往下脱。爷爷身上常披着他那件磨得没了毛的羊皮袱，皮袱的面儿黑油亮黑油亮的。爷爷有了鼻涕啥的，就把它揣在自己的皮褂袖筒儿里。爷爷的耳不聋眼不花，就是腿不好使了。下马峪村里的受苦人不管有多老，都没有拄拐棍儿的习惯。爷爷到厕所老是扶着墙，慢慢往过挪。

那次我突然就想起说，爷爷我搀你到茅茨。

下马峪的人把厕所叫作茅茨。茅茨是个很文的词，意思是草房。有两句古诗是这样说的，“富贵堂中多逆子，几许茅茨出公卿”。

听招人说要搀自己到茅茨，爷爷很激动。自己有五个孙子，可别的娃娃谁也没想起说这句话，就招人说了。老汉激动得只会说个“好、好、好”，但哪能让才是五虚岁的招人搀自己去送屎尿呢？

可爷爷挡不住我硬要举起手搀扶他，爷爷就扶住我的头顶，像拄拐棍儿似的拄着这个孙子。

我觉得这是件光荣的事，该做的事。就老把这件事放在心上。出外耍一会儿就赶快回家，问爷爷想不想到茅茨。爷爷多次跟我妈说，你有指望，招人以后定是个孝子。

见爷爷整天躺在后炕，我就问，爷爷你会写你的名字不？爷爷说不会。我说，爷爷你的名字叫个曹卓。我给你写在墙上，你好认。爷爷说好好好。那天，我又跟爷爷说爷爷我给你在墙上画个画儿。你没做的好看。画画儿的本事我是跟招富哥哥学的。别看招富哥哥才比我大十岁，可招富哥哥真会画。家里挂的年画儿全是人家自己画的。画山、画水、画花、画鸟，还画古代人儿。画赵云、马超、吕布、周瑜。画画儿的时候，除了招人兄弟，他是不许别人看的。有时候画完自个儿的了，招富哥哥就教我画。

下马峪村里穷人家的炕围都刷的是红胶泥水，又不黏人的身又好看，还不用花钱。我们家的墙上，也刷着这种红胶泥，我就用一个铅笔头在红泥墙上画出好多的图案。有飞机、大炮、轮船、汽车。我问爷爷你见过吗，爷爷说就见过日本人的飞机在天上往下扔炸弹，别的没见过。我说我都见过，大同都有，等我领你去看。爷爷说，好娃娃，好娃娃。

我还在红泥墙上画了大片儿刀、矛子枪、二把盒子，还画了条鱼。鱼底下有几条弯弯的线，是水。花花哨哨画了一墙。把老汉高兴得坐了起来，一样儿一样儿看。老汉跟我妈说，你看这娃娃，灵的。以后一准有大出进。

我说，爷爷，我再给画个你。我就说就先在墙上画出一颗光头，眉眉眼眼鼻子耳朵全全的。又在头底下竖着画两道儿，是脖子。再在脖子下画个肚，肚上还圈个肚脐眼儿。再从肚上面生出两条胳膊，从肚下面生出两条腿。胳膊腿都很简单，就是四条线。最后又在两条腿当中画了一条线，长长地拉出来。

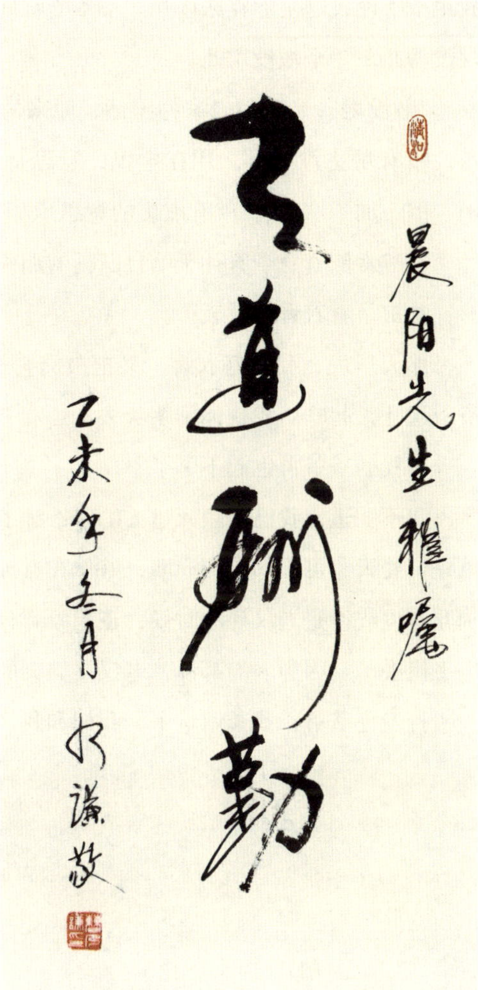
天道酬勤
乙未年冬月

我跟爷爷说，这是你在尿尿呢。爷爷哈哈地笑了一阵说，一个敞没塄儿。一个敞没塄儿。

“敞没塄”是我们老家的土话，原来的意思是说这块地很敞，没有塄也没有畔。用在这里，意思是说这个孩子没有规矩。但一加了“儿”，就有点褒的意思了。

爷爷常侧着身子看孙子给自己画的那些画儿。常常是看不够，常常是看着看着就笑了。

那天早晨，我穿好衣裳，又把被窝叠好后，推着爷爷说，爷爷起哇，起哇。我扶你到茅茨去。

可我的爷爷再也起不了了。

我不知道，我已经跟死过去的爷爷睡了一夜。爷爷的身子虽是朝着天，可脸却是侧向墙，好像在看孙子给自己画的那些画儿。也或许是老汉死的时候，正想象着孙子领着自己到大同坐飞机去了。因为人们都说，老汉是笑笑的死去的。

打发完爷爷，我爹就走了，我妈和我又到了钗锂村。

七　妗

我妈的父亲、我的姥爷，在我妈结婚前就去世了。我妈是家里的老大。下面是弟弟宏苑、妹妹换桂，最小的又是弟弟，叫宏锡。

我妈的母亲、我的姥姥章张氏，是个性情柔顺的女人。男人死后，性格刚烈、坚强的大女儿换梅，在家里说了算，别人谁也得听她的。虽说是女子当家，但村里人都知道这个捅死过狼的女子不好惹，谁也不敢欺负他们。

在我妈的一手包揽和操办下，这年的阴历六月给小弟弟宏锡成了亲。

我叫宏锡舅舅叫七舅舅，他的小名儿叫七子。他跟五舅舅是亲兄弟。他们这是按叔伯弟兄们排的。

这天，我换上了一身崭新的海军服。是我爹在过大年时给带回来的。我不戴帽子，嫌前边没帽檐，还嫌后边多出两根辫子似的带儿。

来参加婚礼的娃娃们不管是大的小的，也不管是外村的本村的，都听“海军”的调度，都愿意给“海军”当兵。

我说“出街外前接媳妇去”，他们就说“出街外前接媳妇去”。我说“回院看点旺火去”，他们就说“回院看点旺火去”。但是只要一听见鼓匠开始吹打，我就哪儿也不去了。在下马峪打发爷爷发引时也是这样，鼓匠吹打多长时间，我看多长时间。我就好听鼓匠吹打。

那个吹唢呐的，脸鼓一阵又扁回去，扁一阵又鼓出来。他吹得极认真，吹一阵儿，铜碗碗下边沿就叮叮地往下滴涎水。吹横笛的是个瞎子，可他还老好眨眼皮，白眼球一翻一翻的，我觉得数他好玩儿。更好玩的是，他还老好把舌头尖一下一下探出来，探得挺快，去舔那个孔。在鼓匠们停下来歇缓时，趁他们顾着抽洋旱烟、喝砖茶水，我悄悄地把那个大胡胡的竹弓推了一下，发出了“吱”的一声响，没等人喝喊，我就吓得赶快跑，别的娃娃们也跟着我跑走了。正好这时候村外“咚嘎”地响起了大麻炮。

来啦，来啦，人们都往外跑，鼓匠们也操起了家伙去村东迎新媳妇儿。

大门口铺了一溜红毡，通向门里。花轿就落在红毡前。

新媳妇一身红。红袄、红裤、红袜、红鞋，头上苫着红盖头。伴娘搀着她在红毡上慢慢地往前走。红毡有好几条，专门有人把踩过的红毡又快快地卷起来传到前边，铺在前边的路上。新媳妇一直踩着红毡到了正房门前。

正房前摆着八仙桌，上面放着一个斗，斗里满满地装着粮食，再用黄表纸把斗口封住，黄表纸上满满地插着四十九炷香。那香都点着了，蓝白色的烟叫风吹得一会儿刮向这儿一会儿刮向那儿。银色的香灰满满地落了一黄表纸，香味儿满满地飘了一院。桌子后边的柱子上贴着天地爷的像。新媳妇、新女婿就要在这里拜天地。

新媳妇儿比新女婿高，但不胖，苗苗条条的，人们没看到眉脸就都说是个好媳妇儿。

拜完天地，新媳妇儿由伴娘陪着进了洞房，坐在炕上就再不挪窝儿了。还得坐端正。乏了也不能躺不能卧，更不能下地，想到茅茨也不行。新媳妇儿结婚前在娘家连着几天不吃别的，光吃煮鸡蛋。

娶媳妇三天不分大小，人们都挤进屋里闹洞房。都把手伸向媳妇儿要糖要烟。新媳妇儿的盖头虽然没取，可她能从里面看见外边。她就从兜里掏出一个攥紧的拳头，然后在面前那一片伸展着的手里选中一只，把冰糖或烟放上去。得了东西的人都很自觉地高高兴兴地挤出去了。

我的手一次又一次地伸向前。只要伸出去就不白伸，哪怕离新媳妇儿再远，也不落空。可我把这些东西又全都给了表哥、表姐们。

后来不管人们咋伸手媳妇儿都不给了。伴娘说没了，分完了。可娃娃们还虎在媳妇儿跟前不走开。有人一下子把我给推到新媳妇儿怀里。我赶快站起来，可又让推倒了。这回我干脆就不再起来，就那样坐在新媳妇的腿上。有人说招人你撩开她的盖头。伴娘说我，俺娃甭价。又有人说，招人你弯倒腰看看她，从盖头底下看看她。这回我听了，弯腰看看说，新媳妇儿笑呢。听了这话，人们都笑。又有人给鼓动说，再看，再看看新媳妇袭人不。我看完又汇报说，袭人，真袭人。这次，连伴娘也跟着笑起来。这时候我妈进来，把我抱走了，抱到东院二舅舅家，让管住我，甭叫我到西院去起哄。

我最怕这个东院二舅舅。他是个赶马车的，裤腰带上老也是拴着一串刀子、锥子这类的东西，走路哗哗响，一见我就往出掏刀子，说要往下割我的小麦鸡。

东院二舅舅正陪客人们喝酒，叫我坐在他跟前，夹块肉喂给我，又用筷子蘸了酒叫我吮，辣得我直吧嗒嘴。他却说我这是香的过，还要喂。吓得我躲在背后不出来，后来就睡着了。

天快黑了，我才醒来。到了新房，人还是挺多，新媳妇儿还是挺着腰板儿盘着腿儿在那儿坐着。红盖头已经取下来了，凤冠还在头上戴着，像个唱戏人儿。我见她不住地把舌头挤出来舔嘴唇，心想她一准是渴了。我上了炕就又坐在她的腿上，不管别人的哄笑，从兜里捏出块冰糖就往新媳妇儿嘴里送。她没躲，用嘴唇夹住了。

这个招大头挺会送人情。宝宝说。宝宝是东院大舅舅的儿子，我叫他宝哥。宝哥年龄和宏锡舅差不多，也快二十了。他们是乡高小的同学。

招人，你叫她叫啥？宝哥说。

叫新媳妇儿。我说。

还叫啥？

叫七妗妗。

不对。

就是。

不对，不信你叫叫，看人家答应不。

不叫，你们想逗人家说话呢。当我不知道？

人们都笑。

招人跟七妗妗这么好，今儿一准是让七妗妗搂着睡呀。宝哥说。

让就让。我说。

我妈进来了，说明儿还得去南上宅呢。

南上宅是七妗妗的娘家村。

我妈说明儿得早早起来回门儿呢，睡哇睡哇。这才把人们撵走。临走，宝哥悄悄问我说，你想不想要我的口琴，跟你舅舅的那个一模一样。我说想。宝哥说那你今儿黑夜就让新媳妇儿搂着睡，你妈不让你就哭，明儿我就把口琴给了你。我说噢。

听了宝哥的，我死活不离开新房，说要让新媳妇儿搂着睡。我妈气得举手想打我，可心想这是大喜日子，又把手放下了。新媳妇儿护着我说，就在哇，我黑夜搂他。姥姥说，就在哇就在哇，一个小娃娃家，再说还省得安排人听房。村里有讲究，娶新媳妇，黑夜要留人听房。

我妈这才同意了。夜里，新媳妇儿软绵绵的胳膊给我当枕头，随着呼吸，奶子一下一下顶着我的脸，鼻息吹得我的头皮凉酥酥的麻。这些，我记得清清楚楚的。我当了作家后，把这种感觉写在了小说《陨歌》里。

第二日我跟宝哥要口琴，他说在学校放着，等有空儿一准给我往回拿。我每天都去问他，他每天都说明天。实际上他就没有口琴，后来还是宏锡舅舅把自己的口琴给了我，我这才算完。

这一年的阳历九月，我父亲来信说，给七子联系好了，让他到大同三中上学。接到信的第二天，我妈就领着七舅舅和我来到了大同。

在我父母的供养下，宏锡舅在大同念了三年初中后，考入了大同煤校。

护　犊

草帽巷十一号是个四合大院，住着十户人家。大部分还是老邻居，也有几家搬进来得迟些。住在我们旁边的那个女人我妈就认不得她。

那女人的年龄有多大，我妈猜不出来，只见她脸上老扑着香喷喷的白粉，头发上老是明晃晃地抹着不知道是什么油。那家的玻璃窗像医院似的老挂着白纱布，从外边看不见里边。听说她的男人是矿工，可老不见回家。倒是有个年轻警察常到她家串门，院人说那是她的相好的。对于这些事，我妈不关心。听到一句半句的，也不议论。可是有几件事却很使我妈生气。一件是在我们没回来住以前，那家人为了自己门前干净，把炭块和生火柴都垛在了我们家的院窗台底下。现在我们回来住了，也该安置这些东西。我妈跟那个女人说了好几回，让把地方腾开。可快一个月过去了，仍不给腾。说是等用完的。第二件事是，那家的脏水桶和垃圾盆虽说是在自己的窗台前摆放着，可却是紧挨着我家的门，味道难闻不说，苍蝇整天轰轰的，害得我们家连门也不敢开。让那女人给挪挪，也不给挪。第三件事是，那个女人不清楚怎么就知道了我妈抱着我要过饭的这个事，经常骂我“小要饭的，小讨吃子”，吓得我一看见她就往家跑，想出院还得看看她在不在外边。如果说第一件事可以等待，第二件事可以忍耐的话，这第三件事我妈是无论如何也不能再让过她了。

再骂我的招人，就不给她股好的。我妈跟院人们说。

我妈是个不会跟人说说讲讲去论理的人，有理也不会说。我妈决定给她点颜色看。那天我在门前顾拍皮球，挡了那女人的路。

滚一边儿去，小要饭鬼讨吃猴。那女人又骂。

你骂谁？我妈推门出来，站在那女人跟前。

谁应承骂谁。那女人说。

“叭！叭！”我妈左右开弓，照那女人脸上给了俩耳光。

那女人愣了一下说，好你，敢打我？你个要饭……话音没落，脸上又“叭！叭！”挨了两下。

又挨了俩耳光的那女人乱舞着胳膊向我妈扑来，可她哪是我妈的对手，让我妈顺势抓住了她的头发，扔倒在地下。

院里人都出来站在自家的门前，看红火，没一个上前拉架的。

那女人躺在地上，还在“要饭鬼讨吃猴”不住口地骂。我妈端起那女人家的垃圾盆向她身上砸去，又提起那桶脏水，浇在她的头上，这才住了手。

那女人不敢再扑了。满身的灰，满脸的水，披散着头发，嚎哭着跑出街外。

院人们提醒我妈说，叫警察去了，叫警察去了。

我妈笑着说，不怕，怕也不待着怕。

有几个好心人赶快过来把垃圾扫起倒进盆里，把脏水桶也搁在原处。还有到街门外去给瞭哨的。

这时候我妈才知道，原来他们也恨这个女人。

不到一个钟头，那个警察果然来了，站在我们家门口大声地喊，你出来，我妈说出来就出来。我妈一出来，那个警察二话没说就从背后抽出根缆绳要捆我妈。我妈挣扎着不让捆，后来听见我在旁边哇哇哭，她急了，一用力，把那个警察推倒在地下，赶快来抱我。

我清清楚楚记得，那个警察从地下爬起来，扬起手中的缆绳就向我们抽打。我妈怕我被抽着，用她的身体紧紧地护着

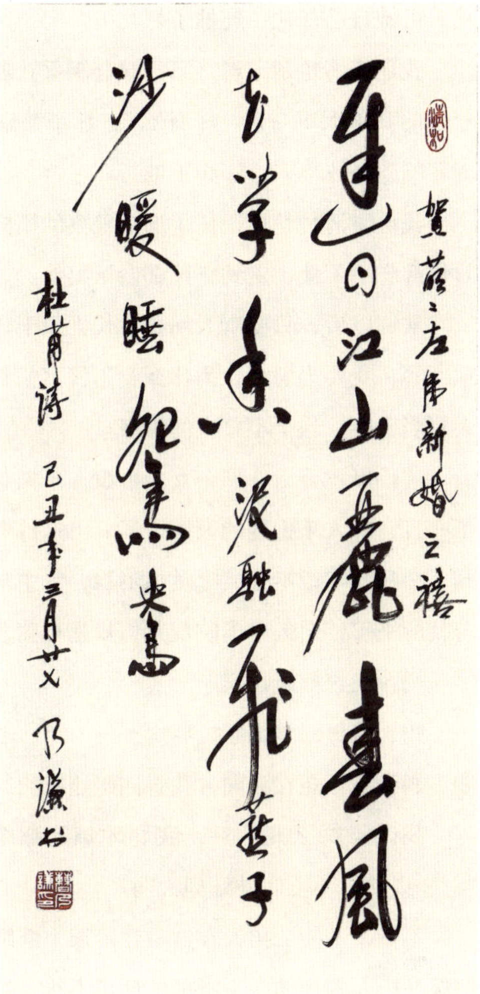
迟日江山丽春风
花草香泥融飞燕子
沙暖睡鸳鸯
杜甫诗

我。可她自己却让一连抽了好几下。

我还清清楚楚记得，当身穿蓝制服扎着牛皮腰带挎着二把盒子的我爹大喝一声“干什么”，那个警察才住了手，才把紧握着的缆绳放下来，停止了抽打。

我更清清楚楚地记住了那个警察的模样，相信无论在什么时候都忘不了他，走到哪里都会认出他。

从那以后，只要有人问我你长大想干什么，我就毫不犹豫地回答，我要当警察。为什么要当警察？我说是我妈教给我长大要当警察，当个不打人的警察。

这件事发生后，那个女人再没在草帽巷十一号院露面，过了些日，有人来把她的家搬走了。可这件事的发生，却使我受到了惊吓，吃饭不香，睡觉也不稳，梦中常“妈，妈”地呼喊着就醒来了，白天不出院玩儿，只是蔫蔫儿地在屋里待着。

妈，我想回姥姥家。

妈，我想回姥姥家，啊妈。

妈，我不想在大同，我想回姥姥家。

我说了这么几次后，我妈才想起那个瞎眼眼老汉的话，“七岁以前，不要叫娃娃到大同。”

不行，不能让招人在这里住。那个瞎眼老汉是神仙，是专门保护招人的神仙，不听他的话可不行。越快越好。

第二日我妈就把我送回到了钗锂村，送回了应县的南山脚下。

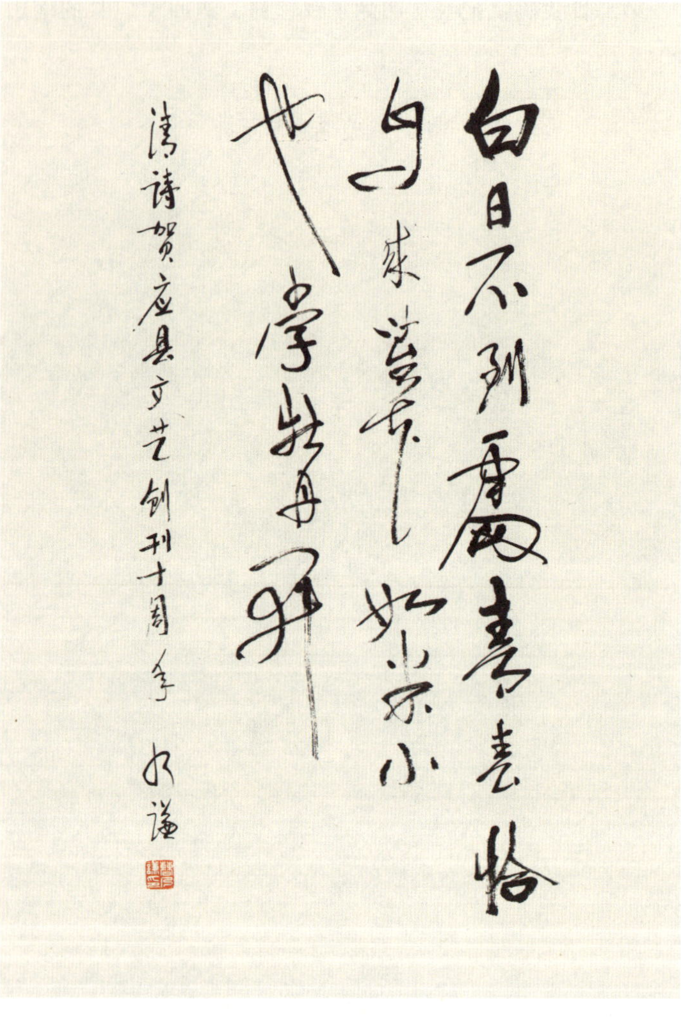
白日不到处青春恰自来苔花如米小也学牡丹开
清诗贺应县文艺创刊十周年
水谦

寻　母

我妈在村里住了半个月，走了。她不走也不行。大同还有两个人在等着她。男人曹敦善的薪水不再发小米了，虽然已经变成了工资，可还得供养兄弟宏锡念中学，两人都在食堂起伙，那是不够花的。她得回去给他们做饭，给他们缝缝补补。再说，招人留在村里，有姥姥和妗妗看着，她一百个放心。

妈走了你听姥姥的话，听妗妗的话。我妈跟我说。

噢。

妈走了你不要想妈，妈走几天再来看你。

噢。

记住了没?

记住了。

记住啥啦?

听姥姥的话，听妗妗的话，不要想妈。妈走几天再来看我。

好娃娃。

我妈放心地走了。

我妈走了五天，我就开始说，明儿妈来呀。我就开始到西河湾，去瞭望，去迎接，可每天都等不住妈妈。第十天，我就开始哭，说我妈叫狼吃了，要不就是叫桑干河河水刮走了。姥姥和妗妗咋劝也没用。以前我是个不好哭的娃娃，这下，把几年的泪水都给补上来了。白天哭，黑夜哭，成天哭。

这可咋办，再哭不愁把眼哭瞎。姥姥说。

要不还送回大同去哇。妗妗说。

姥姥老了，妗妗没出过远门。最后决定让东院二舅舅送我到大同。

那些日老下雨，他们给我准备了个大雨伞，怕丢了，在伞里面写着“曹乃天”三个字。我很清楚地记得，就是这三个字，是“曹乃天”而不是“曹乃谦”。但我不清楚这是谁给写的。

我们跟村里动身迟了，误了当天去大同的汽车。应县到大同，每天只发一辆车，还是辆没顶子的大卡车。我和东院二舅舅住在了应县城大木塔底下的一个客店里，等第二天的车。吃饭时，东院二舅舅要了半斤白酒。他每喝完一盅儿，就要让盅儿底朝天，把空下的那一滴喂给我。我捂住嘴不喝。

喝！哪有男子汉不喝酒的。喝！

我只好努起嘴唇把那一滴酒接住。一滴一滴又一滴，几滴过后，再喂也就不辣了。

这才像个男子汉。东院二舅舅说。

我舅舅就是这么的教会我喝酒的。东院二舅舅说。

旁边有个后生吃凉粉。辣椒油红红的，闪着亮儿。凉粉条儿软软的，筋筋的，往嘴里一吸，“忽溜忽溜”响。我忍不住地偷看。

想吃？

我不说话。

掌柜的，来一碗。

那是我记事以来吃得最香的一碗凉粉。以后吃过的凉粉，都没有那碗香。

夜里，我突然扒起身“哎——哎——”地大声应叫。惊醒了熟睡的东院舅舅，问我喊什么。

我说，叫我呢。

东院舅舅说，谁？

有人。

哪儿?

天上。

胡扯。

你听，招人，招人。

东院舅舅听了一阵说，你梦梦呢。那哪儿是叫你呢，那是大木塔的风铃。

那一夜，我一直分不清那声音是“丁零，招人”，还是“招人，丁零”。

在以后的又一次，我妈搂着我在这个大店过夜时，我也是让这个风铃声给叫醒。直到长大以后回忆起这两件事，我也一直分不清那是梦中的风铃，还是风铃中的梦。

第二天，我们又没走成。因为桑干河的木桥被大水冲断了。这下把东院二舅舅气坏了，不住气地骂我。

看看你这个门儿出的。我统共请了两天假。你知道不知道，我是富农。好不容易让我赶马车，这下可好，看看你这个门儿出的。

我低着头不作声，好像承认桑干河的木桥被大水冲断就是怨我自己的过。

回哇回哇。回村哇。

我不，我要到大同。

看看你这个门儿出的，要误我的大事。

东院二舅舅出来进去的，终于打听到第三天能走。他问我说，到了大同你认不认得家？我说认得。他说那好了，明儿把你送上车我就往回返。我说，噢。

我是不想再听他的骂了，他说啥就应承啥。

第三天早晨，东院舅舅把我举上敞篷车，安顿我坐在席片上，又吩咐说把车票装好把雨伞抱好。听了他的，我把雨伞紧紧地搂在胸前，用手把上衣兜牢牢地按住。

车开了，我想看看东院舅舅走了没，看不着，周围都是大人，堵着我。我想看，只能看天上的云彩。有的云彩像猫，有的像狗，有的像鸡。有一块云彩像我妈侧着面儿的脸，我就盯住看，看着看着不像了。

姥姥和妗妗都说我妈还在大同，可她说过几天就来看我，可她为啥不来呢？

车停了，打开后车厢让人们都下，这是到了桑干河。桥还没修好，让人们都下去，空车好过河。要不，怕焊在河里。

见别的人们都不在车上了，我有点急。司机过来要往住打车厢，发现还有个娃娃在车上，这才把我连人带伞抱下去了。

有的人吃东西，有的人尿尿，有的人伸胳膊伸腿做动作。我什么也不做，看汽车，看人。看着看着，汽车“呜，呜，呜，呜”地呻唤着慢慢过了河。看着看着，人越来越少了，都让光屁股的背河汉子给背过去了。人们过了河就都扒上了车，抢占好位置。

眼看着对岸的车上都站满了人，可还没有人来背我。我就大声冲着对岸喊，我也要过——我也要过——

我听对岸有人说，这是谁的娃娃？大人呢？见没人应承，这才有个背河的摇摆着两条胳膊，蹚过河向我走来，像扛东西似的，把我横着扛在肩头。到了对岸，直接就把我扔上了车。

有人问，小孩儿你去哪？我说去大同。又问，谁把你送上的车？我说我东院二舅舅。你舅舅呢？他回村去了。你几岁？五岁。这时候，有人给讲了个笑话儿。说，有个老汉问戏院把门的，我孙子五岁，要不要票？把门的说，五岁娃娃不要票。老汉弯下腰跟孙子说，你给爷爷进里头看戏去哇，爷爷回家去呀。听到这里，人们都哈哈地笑。有人说，这倒是个好办法，省得买票。

我听出他们好像说我没买票，我从兜里把票掏出来，举起说我有。人们又笑。

到了大同，我在汽车站门外跟一个拉黄包车的说，我家住在草帽巷十一号院，你把我送到我家，我跟我妈要上钱好给你。那人看我穿着新衣裳，又抱着伞，像是个出远门儿的人，问，就你一个？我说，噢。

你跟哪来的？

应县姥姥村。

你几岁。

我五岁。

那人把我抱上车说，走哇。大爷我今儿白送俺孩一遭。

我妈正在家调玉米面凉粉，做中午饭，见我进来了，可后面没跟着大人。再一细问，我妈一下子变了脸，破口大骂东院酒鬼，说等回村再跟他算账。骂了一气，停下来问，你咋不在村里住。我说，我寻你。你说你过几天回村看我，可过去好多个几天了你不回。我怕你叫桑干河水刮走。

我妈一下把我搂在怀里，紧紧地搂着。

第二天的那个时候，东院二舅舅也从村里来了。他是让我姥姥给骂来的。我姥姥是个从不发火儿的人，可这次也让酒鬼给气坏了，叫他当下就往大同返，还说招人万一出了事就跟他拼老命。

挨完了骂，酒还给喝。趁着我妈背过身做营生时，东院二舅舅指着我的脑门儿，压低声音说，你个招大头，我算是让你害苦了。

我低着头，憋住嘴笑。

一想起算卦先生的话，我妈就心不安，她又让东院二舅舅把我引走。这次说好了，阴历过大年前宏锡舅舅放了假，他们一块儿回去看我。我爽爽快快地答应了，跟着东院二舅舅又回了村。

这件事让我妈知道了，跟她的招人就得说一是一，说二是二，不能说谎，更不能哄骗。

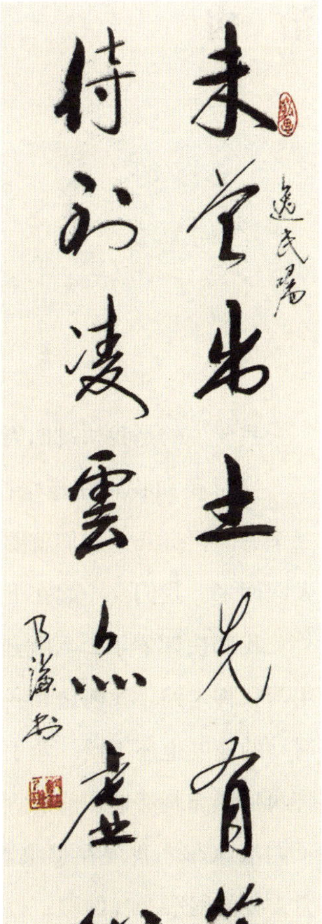

未曾出土先有節
待到凌雲盡虛心
逸民囑
乃灝書

治　病

我要说的是我快过四周岁生日时候的事。

当时我和我妈在姥姥村住，时间已经是过了农历的腊月二十三。再过几天我们就要回我的老家下马峪村，去等我爹从大同回来。我们要一起在下马峪过大年。

我都快四岁了，可我还不会像正常的孩子们那样站起来，用两只脚走路。我前进和我后退都是坐在那里滑动。我妈说我滑动的速度也还不慢。两手撑住炕，将身子托起来的同时，两脚两腿刺溜刺溜地往前滑。她说我滑动的样子，就像是有些孩子们滑冰车。我现在想象着，我的两脚两腿一定是也在用着力，我的屁股，我的腰，也一定是在同时用着力，要不，光靠手怎么能滑向前，退向后呢。

我妈说，可能是我在炕上成天地滑擦来滑擦去，我的右脚的外侧在炕席上给擦了刺。

我妈还说我擦了刺的另一个原因很可能是，我不听大人的话，非要学着姥姥钻在褥子下面睡觉。

那个腊月天气非常冷，家里温度很低，早晨起来尿盆里的尿水都结冰了。但是，在炕上睡觉的我们却也没被冻死，因为被子下面是火炕，火炕是热乎的。

每到黑夜，我们吃完晚饭后，姥姥就在炕上把被褥铺展开来，我们三个孩子就坐在铺盖上，软绵绵的真舒服。我妈不许我们在上面打闹，说看把盖物给“调腾烂”。我妈就抱进柴火再次烧炕。头前做晚饭的时候已经是把炕烧过一次了，土炕摸上去基本上有点温乎了。将要睡觉前，再抱进柴火烧这么一次，土炕摸上去就热乎乎的了。一摸的炕热乎了，我妈就给吹灭灯，让我们小孩子钻进被窝睡觉。

现在我回忆起来，如果家有表看看的话，我看连晚上八点也不到我们就都睡下来了。当时的农民都是这样，都是一吃完晚饭就睡觉。这样做的原因，我想着，一是为了节省煤油，二是为了节省烧的。如不趁着吃完饭火炕还热着就睡，那要是等炕冰拔凉了再往热烧，那就要费好多的柴火。

以前我们小孩不太注意，那天早晨我醒来，发现姥姥是睡在被褥下面，身体直接就紧贴着炕席子。炕席子是用高粱秸秆做的，我能看见姥姥的大胳膊上摁压出来的席子花纹印。我问姥姥您咋就钻在了被褥下面睡觉，您不嫌席子摁得慌？姥姥说后半夜睡在被褥上就有点凉，可被褥下面还是温乎乎的。我把手伸在被褥下面摸，果然是。我就说我也在后半夜往被褥下面睡呀，表哥和姨妹他们也说后半夜要往被褥下面睡。姥姥说你们小孩子不行，你们细皮嫩肉的，小心让席子给擦上了刺。我们不听，不等半夜就都悄悄地钻在了被褥下。

我妈说，我可能就是钻在被褥下睡觉，右脚外侧在高粱秸秆席子上给擦了刺。

起初我也不知道我擦了刺，后来我感觉到右脚踝下面有点疼。我跟我妈说了，我妈脱下我袜子一看，我擦了刺的那块肉皮已经有点化脓了，她让我姥姥把我的脚按紧，不让我动，她用针给我往出挑刺。

我疼得直叫喊，我妈说忍住忍住。我还叫喊，我妈说，再叫我就打断你狗腿。我这才忍住疼不敢叫了。不敢叫是不敢叫了，可不敢叫不等于是不疼了。你想想，用针把你的肉皮挑来挑去的，能不疼吗？

表哥和姨妹在旁边看红火。

要命的刺总算是挑出来了。

姥姥说我妈，把刺给娃娃抹头顶上。我妈就把挑出的刺给我抹在了头顶上。我问姥姥咋把刺给我往头上抹，姥姥说，把刺抹头顶上，再往后就不擦刺了。

姥姥的话真灵验，我以后真的再没有擦过刺。姥姥总是有好多这样的办法。比如说孩子们让风沙迷了眼，姥姥就让孩子们仰起头，朝天上“呸呸”地唾唾沫，果然，唾完几下唾沫，眼睛就不觉得难受了。比如谁上了火流鼻血，姥姥就让把胳膊举起来，像投降人儿似的，很快，鼻血就不流了。

拔出了刺，我说，姥姥我不疼了。姥姥说那俺娃说说再敢钻被褥下面睡觉不了，我说我再不敢了。

姥姥问我表哥和姨妹，你们再敢在被褥下面睡觉不了。姨妹说不敢了。表哥说，奶奶，我不细皮嫩肉，我不怕。姥姥照他头顶给了一巴掌，嘴里骂说，你个没头鬼，不起个好带头。

姥姥打人不疼，表哥还笑。

表哥比我大三岁，姨妹比我小十个月。

我妈说我，招人你稳稳儿在炕上坐会行不行，你那滑擦来滑擦去的，那正好是又把伤口蹭破了。她又问我，听着没？我说噢。我妈说那妈就回下马峪烧房去呀，你爹这一两天就要回来了。妈烧好房来接你。我说噢。

我妈就回了下马峪。那一天，我听了我妈的，基本是就在原地坐着跟表哥和姨妹玩儿，实在是要挪地方，我也是把右脚

疑是銀河落九天

架在左脚上，免得蹭了挑过刺的伤口。尽管我坐在原地不敢多动，可我脚上的那块地方还没有好，我说姥姥我还疼，姥姥给我脱下袜子一看，呀，厉害了。

姥姥说我给俺娃抹点鸡蛋清。

她就打了一颗鸡蛋，给我坏脓的地方涂抹了一点鸡蛋清。我觉得凉凉的，不疼了。可是，姥姥蛋清治疗的方法只起了一天的作用。在我妈走后的第二个夜里，我又觉出疼。早晨起来，我的那处伤口鼓起个大脓包，有半个杏那么大。我觉出脓包里面在“针针针”地疼。

姥姥说不碍事不碍事，“针针针”地疼那是里面在调脓呢。姥姥说等脓包熟了，自己破了，脓流出去就不疼了。我问多会儿才能熟了，姥姥说得再往大长长。姨妹说长到鸡蛋大，表哥说长到西瓜大，表哥和姨妹都笑。我说我要寻我妈，我要寻我妈。姥姥说那就等等哇，你妈今儿一准来接你呀。

表哥说奶奶，给招大头化黑糖水喝，一喝就好了。姥姥说表哥，我看是你个灰没头想喝了。姥姥问我喝不，我说喝。

喝了黑糖水，我脚还疼。

吃完中午饭，我睡了一觉，我妈还没有来。

我的脚还疼，我的心也烦，我不想跟表哥他们玩了，我说，我寻我妈我寻我妈。姥姥说，你这个灰妈咋还不来接你。

后来她把东院二舅叫来了，让把我送下马峪。

下马峪村离我姥姥村十二里。

我妈已经把下马峪的家打扫干净了，窗户也换上新窗花纸了，也把家烧暖了，单等着我爹回来过大年。

我妈把一切都安顿好了，正要到姥姥村去接我，东院二舅把我给送过来了。东院二舅把我放下来他就返走了。

我说妈你看我脚，还疼。我妈把我袜子脱下来一看，呀，成了这了。我合着身子看看，脓包好像是扣着的半个海蚌油的油盒。她看看窗外说，按说你那个灰爹该回了，可也不知道你那个灰爹多会儿才回。她把跟我们住一个堂屋的二大娘给喊过来了，问该不该把脓包挑破。二大娘按按脓包说，不行，不熟着呢，不熟不能往破挑，熟了自个儿就破了。

我妈问我疼不，我说不疼。实际上是有点疼。

我是想起了前两天我妈按住给往出挑刺，疼得我要命。我是不想让她给我挑。二大娘说不挑了，我很感激她的决定。我盼着脓包快快地成熟。

天擦黑的时候，我爹跟大同回来了。他背着行李，行李打包得四四方方，好像个炸药包。他的行李包上还架着一个提包，肩上还斜挎着个黄挎包，手里还提着大提包。他所有的包都是鼓鼓的，里面装着好东西。

我跟我爹一年没见了，他长得啥样子我也记不得了，如果在街上碰到，我也不会认出他是我爹。

他一进门放下提包就想先要抱抱我，我不让他抱。我右腿架在左腿上刺溜刺溜滑到了炕脚底，不让他伸出长胳膊就能探得住我。

他看着我问我妈，娃娃是不是还不会走？我妈说连站也不会站。他说我跟太原买回了鱼肝油，还带了些常用的药。

我爹是在省委党校离岗上学，要上三年，每回党校放了假他回大同先要到原单位报到，问问单位有啥事没，单位能没有事儿？问就有事儿。临到年底了，更忙。他这是又在单位上了几天班儿，这才跟单位的人一块儿放了过春节的假，回来了。

他把背包、提包、挎包放在后炕，洗了脸，又过来要逗我玩耍。他说来，看看爹给俺娃买啥好东西了。他又探着身子拉我，这次他碰到了我的右脚。我疼得“哇”地叫了一声。我妈说娃娃脚疼。我妈说我，来，让爹看看。我从炕脚底滑擦到炕沿，滑到我妈跟前。我妈慢慢给我脱了袜子。我的这只右脚，已经是穿着我妈的大袜子了。

我爹看到了我脚上的脓包。他又跟挎包里掏出手电，打着看。又摸摸我的下巴，说烧倒是不咋烧。

我妈说，没事儿，二大娘说还没熟呢。我爹说，什么等熟

了，不行不行，这得处理。

我爹对我说，俺娃不怕，爹给俺娃治，爹正好是带回了药。我妈说吃了饭再说，我爹说不行，有病得早治，你不试出娃娃已经发烧了。他问我妈有新笼布吗，我妈说有。问有新棉花吗，我妈说有。我爹说那就行了。他跟挎包里掏出几个药瓶儿，从其中的一个里面倒出几颗白片片，在面板上擀碾成粉末。

他让我妈给准备好半瓢温水放在锅台上，他把剪子放在灶火上烤。

我不知道他要怎样给我治病，我好奇地看着。他刚才摸我下巴说我有点发烧，我也悄悄地摸摸我的下巴，没觉出烧来。

我爹让我头朝窗户脚朝锅台，面迎天躺在炕头。让我的脚放在炕沿上，还让我妈把我的两腿按紧。

我一看原来他也是要按紧我的腿，我知道一这样，就没我的好。

不要不要！没等他们动手，我就开始放声嚎哭，嚎哭也没用，他们根本就不考虑我的嚎哭，也不管我的疼痛。

有我妈挡着我，我看不见他是在如何的整治我。

“灰爹——灰爹——”我想起我妈说过我爹是个灰爹，我就拼着命地骂灰爹，拼着命地挣扎。

这次我妈没因为我骂灰爹、我挣扎、我喊叫而生硬地喝骂我，但就是按住不让我动。我妈有的是力气，别说是按我个小孩了，就是按个大人也能让你动弹不了。

当我呼喊得没了力气时，当我挣扎得没了力气时，我妈才松开我。

我看看我爹，他掏出手绢在擦汗。

我虽然不嚎叫了，可我还是在抽抽泣泣地哭。

我爹弯下腰，笑着对我承认错误说，就怨灰爹的过。看把俺娃哭得。

我大声对他说，灰爹起开！我不想看到灰爹！

好了好了，你爹是为了你好，你骂你爹灰爹。我妈说我。

我看看我的脚，用新笼布给我包扎住了，只露着脚后跟和一排脚趾头。我动了动脚，好像是不疼了。

这些细节，都是我妈在事后断断续续地跟我说的。

她说我爹是用剪子把我的脓包挑破，把脓水挤出去后，又把坏死的皮剪掉，他原本是准备用蘸着温水的棉花清洗剪下肉皮后露出的嫩肉，因为那上面还有好多的脓。我爹说必须得把上面的脓水都清洗尽。可他怕棉花弄痛我，就弯下腰，用舌头往干净舔。舔一下，漱漱口，吐在后灶坑里，再舔。舔一下，漱漱口，吐在后灶坑里，再舔。一直把里面的脓水都舔干净，才在上面撒了药面儿，把伤口包扎住，才直起腰来擦汗。

我清楚地记得，我爹边擦汗边像我道歉、赔不是，可我就是不理他。还骂他“灰爹”。

如果说“灰爹”不算是骂人，仅仅是有一种埋怨的情绪，就像我妈说“你那个灰爹还不回”，可也不能说是尊重。但现在回想起来，最让我感到不应该的是，我妈说我一个礼拜没有跟我爹说话，不理他，后来是在正月初五时才主动开始跟我爹说话，说的第一句还是“灰爹，给我穿穿裤子”。

当时我妈骂我，你爹看好得你，一天俺娃俺娃地哄颂你。你咋就还是灰爹灰爹的？我爹赶快说我妈，你看你，俺娃好不容易跟我说开话了，你看你，骂俺娃。

我妈说当时我爹高兴得一把就把我搂在怀里，连声地说，俺娃跟灰爹说话了，俺娃跟灰爹说话了。

耍孩儿

我爹好唱耍孩儿，我妈也好听我爹唱耍孩儿，我常听我妈说我爹，那货，来他一段儿呗。我妈称呼我爹，从来就叫“那货”。我妈让我爹来一段儿，那就是叫来一段耍孩儿。我爹清了清嗓子，就“咳哎——”地给咳唱起来：

天茫茫，路迢迢，
风沙险，日夜熬，
西天取经多遇妖，
师傅被劫无踪影，
深山密林何处找，
悟能心中似火烧，
满腹怨言向谁诉，

骄杨树下睡一觉。

有时候，我爹在咳唱的当中还有过门，也是用嘴唱：

钦钦衣钦衣钦钦，
起钦起钦衣钦钦，
钦钦钦，起钦钦，
起钦起钦衣钦钦，
……

我妈的嘴也在跟着我爹唱的节奏动着，但我妈不出声。我从来没听我妈唱过，哪怕是半个音，也没听她唱过。但她最好听我爹唱耍孩儿了。

“耍孩儿”是雁北地区乡下农民们喜欢的一个小戏种，下马峪的农民好像是都喜欢耍孩儿，好像是不会唱的人也好听。我们下马峪村就有耍孩儿剧团。隔壁院的大哥二哥三哥，都在剧团里干过。

我问过我爹为啥叫耍孩儿，是不是为了逗小孩儿。我爹说，就是。他说耍孩儿最初是从唐朝时开始传唱的。他说唐朝有个皇帝的孩子一天价尽哭，谁也哄不住，用啥方法也哄不住他。皇帝挺头疼。有个大臣说要不我给试试，他就用后嗓子给咳唱起来，一下子顶事了，小孩儿不哭了。后来这个大臣就天天给皇帝的孩子唱，孩子一听就高兴地笑。再后来就流传开了，就叫个耍孩儿。我爹说的这个皇帝是有名有姓的，这个孩子也是有名有姓的，后来也当了皇帝。我是给忘了这两个人是谁了。

耍孩儿唱起来是用后嗓子发音，我觉得用后嗓子唱，真憋气，真难受，我不喜欢。我还是喜欢放羊娃唱的酸曲儿，放开嗓子唱，那多带劲。

耍孩儿唱起来还好没完没了的“哎呀哎呀”，唱完前头的一两句后，就开始哎呀，哎呀好半天才唱下一句。招仙姐教过我一段耍孩儿唱的是：“架墙上，飞过来，一群牛。”唱到这里不唱了，这就开始哎呀。我就纳闷，我就问他，牛咋就会飞，而且还是一群牛，而且还是飞过了墙。贵贵哥说，我这还没唱完。于是他又哎呀哎呀地唱起来：“哎——呀——屎巴牛。”

噢，我这才闹机明，唉了半天，原来是跟墙上飞过来一群屎巴牛呀。

但说来说去，我还是喜欢我的放羊汉的酸曲儿。在大同城里头，也常有要饭的人唱这种歌儿。

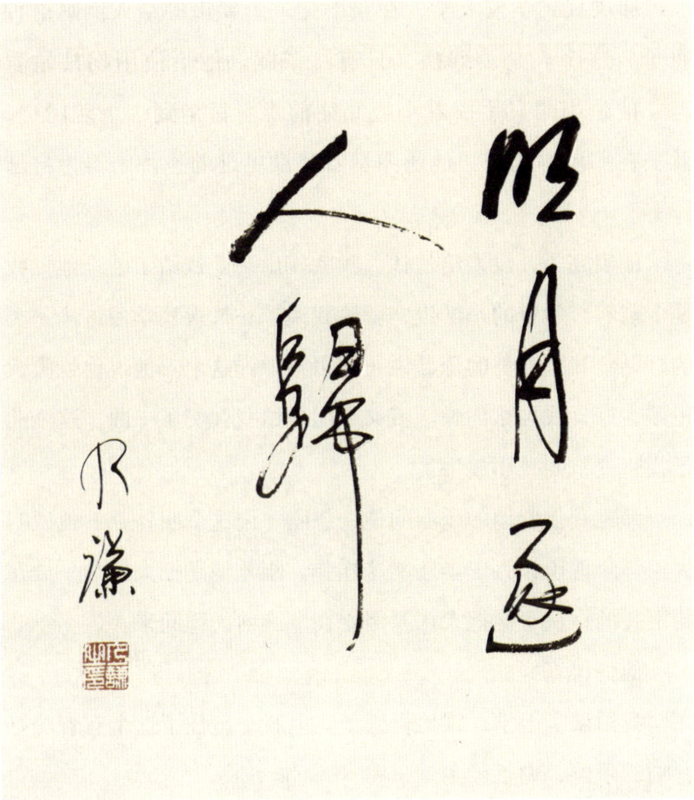
明月逐人歸

那次我到学校上学，在路上见一个要饭的给人们唱这种曲子。这个人是个残疾，只有一条腿。他不使用拐杖站着走，他是用两只手撑着小板凳往前走。每走到一个院门口，就坐在那里唱起来。他还弹奏着我没见过的一种乐器为自己伴奏。

他唱完了，没人给他钱，我就掏出一毛钱给了他。他见我是个戴着红领巾的小学生，就给我说了一气祝我学习进步一类的好话。我指着他的乐器说，您再给弹弹这个。他说你爱听大正琴，好，我再给你弹。就又专门地给我弹奏了一曲。这个曲子我听过，叫《小放牛》。

弹完我指着他的乐器问他，您刚才说这个叫什么？他说叫大正琴。他说，大正琴还能这样弹。刚才他是把大正琴平放在腿上弹的，说着他把大正琴竖立在左胸前，弹起来。

他弹得真好。

我怕误了上学，跟他告别了。但我是记住了这个有着美好音响的乐器，大正琴。

我家里有笛子有箫有口琴，可我没有见过大正琴。我跟我妈说，妈有个要饭的弹奏着一种乐器，叫大正琴，真好听。我妈说，你一满是不好好儿学习了，就要呀。我一听没戏，就没有跟我妈张口。但我已经侦察好了，在大南街的百货公司的文具组有卖的，八块钱一个。而且我也假装要买，让服务员姐姐给取下来弹了弹。在又一次去弹的时候，我已经能弹《白毛女》插曲《北风吹》了。我拿定主意要买，就等我爹爹回来了。

我爹在怀仁清水河公社工作，他每个月月底回来给我们送工资。我把我爹盼回来，又在我妈出去买菜时，跟他说，爹你知道不知道有个乐器叫大正琴？我爹说，知道，俺娃想买？我说嗯。我爹说，那爹给俺娃钱。我说八块，我爹说我给上俺娃十块。

我拿上钱当下就去了南街百货公司。那个服务员姐姐说，我以为你是来玩儿玩儿，原来是真要买。她要给我找布擦，我说甭了，我赶快回家弹去呀。

我妈看见了，也没骂我，也没骂我爹，只是说，一满是要饭呀。当我试着弹了弹《北风吹》，我妈也停下她手里的活儿，听我弹。那脸色有点佩服，但她说，这个孩子要是要饭的话，一准是把好手。我爹说，你别老是说我娃娃要饭要饭的，我娃娃可是那人上的人。

没用一天，我已经是练得很熟了。只要是我会的歌儿，我就都会弹。

我爹说，来，俺娃给爹弹他个耍孩儿。我说，我不会唱耍孩儿。不会唱就不会弹。我爹说，来，爹教俺娃。俺娃灵，一教就会唱了。我脑子想也没想，随口就说，谁学您那烂耍孩儿。说完，我还继续弹我的。

我正高兴地弹着，我妈突然地大声地说，还弹？做作业去！

我妈只要是没情没由地命令我去做作业，那就说明，她生气了，恼怒了。那我就得放下手里的任何事，赶快上炕去做作业。

我停下了弹奏，正思谋着我妈这是又为了什么生我的气，她说，烂耍孩儿？你爹喜欢了一辈子的耍孩儿就成了烂耍孩儿？

我一下子想起刚才说什么来着，我一下子意识到是自己错了，而且是大错特错。

我妈越骂越生气，你爹花钱供养你上学念书，你的书念到狗肚了？就这么的跟你爹说话？

我爹给劝我妈，行了行了，娃娃不懂事。娃娃就要吃饭呀，你惹孩子不高兴。我妈说，就叫你惯得他。我爹说，你看你没完了。我妈这才不说了。

我把我爹喜欢的耍孩儿说成是烂耍孩儿，是我错了，应该挨骂才对，可我爹不仅是没生我的气，却是怕我在吃饭前不高兴，阻止我妈骂我。

爹爹呀，您应该打我一顿才对。

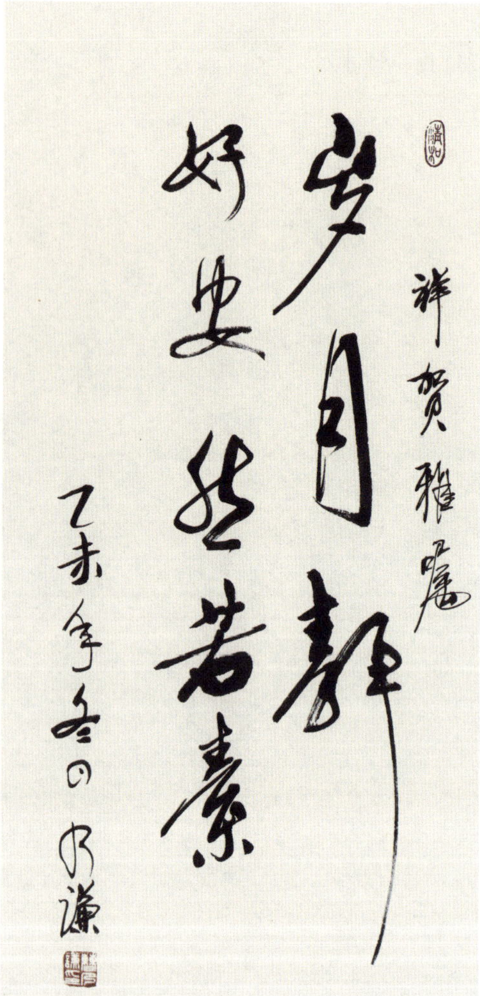
岁月静好
乙未年冬日

相　片

大概是在我初中二年级时，学校要求我们响应毛主席的号召，“向雷锋同志学习”。雷锋是解放军，当时的学生们对解放军非常崇拜和羡慕。谁家的亲戚如果是个解放军，那这个同学一准是很自豪的。而我家恰恰是给从天上掉下个解放军。

那是个中午，我放学回家，一进门，炕上坐着一位年轻英俊的解放军，在跟我笑，还问说，招人，放学了？

这是个谁呀，有点面熟，可我一下子想不起来。

我妈见我发愣，提醒我说，这是你下马峪大哥呀。咋连你大哥也想不起来了？

哦，是下马峪大哥呀。

我们在老家应县下马峪村里有房。小时候，每到过大年，我爹我妈都要带着我回下马峪。

大哥就在我们隔壁院住。他大名叫曹甫谦，他比我大十岁，我叫他大哥。他还有个兄弟叫曹诚谦，比我大六岁，我叫他二哥。我一回村就到隔壁院找他们耍，整天跟他们混在一起不回家。可这是我没上学前的事，自我上了学后，再没有回过下马峪村。也就是说，已经有七八年跟他们没见过面了。

再说年轻人变化大，我没想到炕上的这位年轻英俊的解放军，正是我小时候的富旦大哥。

大哥还是现役军人，在天津当兵，他这是跟部队请了探亲假，回家乡探完亲要回部队。应县没有火车，他来我们家打尖，再跟我们家出发到部队。

第二日早晨，我上学时，他送我出了大门，他说他上午就要乘坐着火车回部队了。说着，他跟兜里掏出一张他的一寸相片给了我，是张没戴帽子，但还穿着军装的免冠照。

到了学校，我把相片掏出来跟同学们谝，我说你们看，这是我大哥，解放军。他们看过都说，“哇——是解放军。”“哇——真英俊。”“哇——是大哥。”“哇——跟你长得一样样的。”

中午回了家，我掏出相片跟我妈说，妈，你看，我们班同学都说跟我长得一样样的。我妈正在摆桌子放筷子，准备着我回来吃午饭。她问，那看，同学说你跟谁一样样的？我把相片给了她说，同学们说我跟大哥一样样的。

我妈接过相片一看，一下子严肃起来，厉声地质问我，他多会儿给的你相片？他为啥不当着我的面给你相片，是偷偷地给。是不是他教给说你跟他一样样的？他还跟你说什么来着？看着我妈那个凶样子，我有点害怕。不敢回答。

说！她大叫着，他还跟你说啥了？说着，“啪”地给了我一个耳光。我挨过她的耳光，可我从来没有挨过这么重的一记耳光。我的耳朵“嗡”的一声响。

说！她大声吼着，同时又给了我重重的一记耳光，把我一下子给打倒在了地下。

你，你，你……她一点一点地指着我，我看到，她的手在颤抖。

我妈从来没有跟我发这么大的火儿，也从来没有跟我生这么大的气。

我让打蒙了。我不知道我犯了什么错。我想哭，不敢哭。我觉出我嘴里咸咸的，我用手背一擦，嘴里是血。

我猜她一准是见我嘴里流出了血，妈她住手了，没再打我，也没有逼着我回答她的提问。但她也没再像以往那样，大声地呵斥我，“做上有理的了”？那意思是让我去吃饭。她这次没有说这样的话，没有暗示我去吃饭。她也没吃，而是侧倒着身子面朝着墙，躺在后炕。

那天我也没吃午饭，我擦了擦嘴角的血，爬起来到了里院。一进慈法师父家，我放声地痛哭。

接下来的那些日子，我不想细说了。

我妈一直是不理我，饭倒是也依旧给做，但不说你吃哇。她一直是不理睬我。她也没再向我提什么问题，来要我澄清，她也不向我解释，为什么打我，只是不理我。我悄悄地吃了饭就进里院了。

慈法师父给我分析的我妈打我的原因，我接受不了。我也不愿意接受师父说是我把她气着了。我坚信我没有错，我是被大大地冤枉了。但我看到我妈她满嘴起着火燎泡，我又有点心软。我就主动地试探着跟她说话，开口叫她妈，可她的态度还是不缓和，我跟她说话，她不回答，不理我。

这样的日子是又挨过了几天？我不记得准确的日子了。

那天，我爹回来了。我是在中午放学回家，看见他的。我叫了一声爹，没再说别的。他已经知道了事情的过程了，但当时也没多跟我说什么。

闷声无语地吃完饭，我说爹我到后院去呀，我爹说去哇。

晚上吃完饭，我妈出去了。这他们一准是商量好了，我妈出去躲一躲，让我爹说话。两个大人用尽着心机来对付一个小孩，这对吗？你们这是把我当成外人了，这对吗？

我爹他说话了，他一定是拿不准该怎么说更好，事先还干咳了一声。

我爹说，招娃。爹跟俺娃从头到尾说说……我一听他这么说，我立马喊着说，我不听。您别说。我不想听。

我爹一定是让我坚决的态度和响亮的话音给吓着了，愣了半天后，才又接住说，不行，招娃，这个事爹得跟俺娃说说……

不听，不听。我是真的怕他给说出什么来，我真的是不想听到他想告诉我的，也是慈法师父已经给分析出来的这些话。可他还好像是坚持要说，一准是我妈给他布置了任务，他不把这件事完成，不好跟我妈交代。

他还是那种和软的声调，说，招娃子啊，俺娃大了……

我好像是猛地给发了火儿，大声地打断他的话，爹你烦不烦？我不想听你非要说，你烦不烦？我一反平时的没有称呼他"您"，而是"你"。这我是从来没有过的事。我说完了，一下子有点后悔。

我的态度和我的用语使我爹的脸色显现出了一种吃惊的样子，大张着嘴，手指着我，憋得说不出话。好半天才说，但声音仍然是一贯地和软，好娃娃，好娃娃，你这是跟爹"你"

呢，好娃娃。行，好娃娃。他放下手，不说了。

我后悔了，我从来没跟爹妈发过火儿，可我这是跟最疼爱我的爹爹发了火儿。从小到大，我爹从来没有骂过我一句，更没有打过我，跟我从来都是俺娃俺娃的，可我却跟他发了火儿，还骂他烦不烦。我后悔了，后悔极了。但我当时没有向他认错。

屋子里静静的。

他愣怔了一阵，停歇了一阵才又说话，但不是在跟我说，是在伤心地自言自语，唉，我知道了，我的招娃子是嫌爹烦。招娃子长大了，嫌爹烦。嫌爹，烦，烦……他的声调一声比一声低，最后，他，哭了。

他没出声，但我看见，他哭了。他的眼里流下了泪。

关于他想要跟我从头到尾说的那件事，那件慈法师父早已经分析出的那件事，那件我坚决地不想要听他们讲述的事，我们再没有提起过，我爹我妈还有我，都也没有再提起过。

这件不愉快的事随着时间一天天的过去，我也就把它淡忘了。

但是，我跟我爹爹发火儿这件事，我说他“你烦不烦”这件事，我是永远地忘不了的。我永远地忘不了的还有，还有我爹爹那个男子汉的眼里，流下的一颗一颗的泪珠珠。

春風能容物
秋水不染塵

第二辑

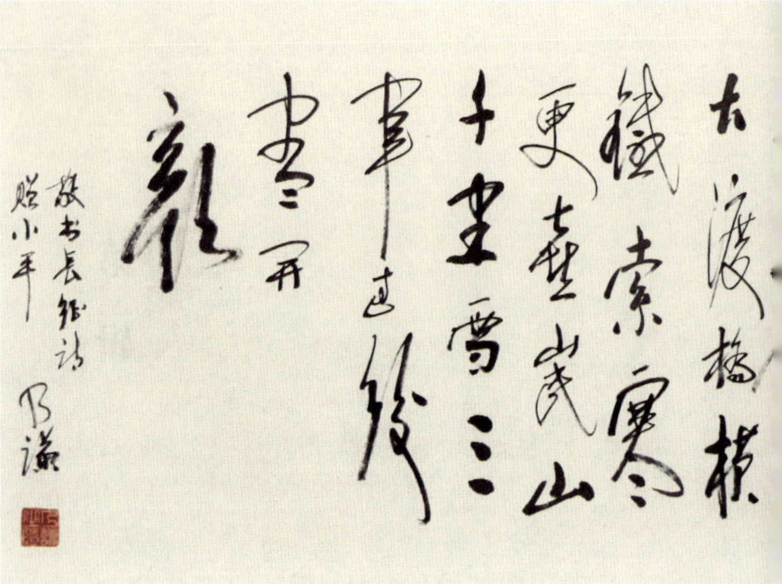

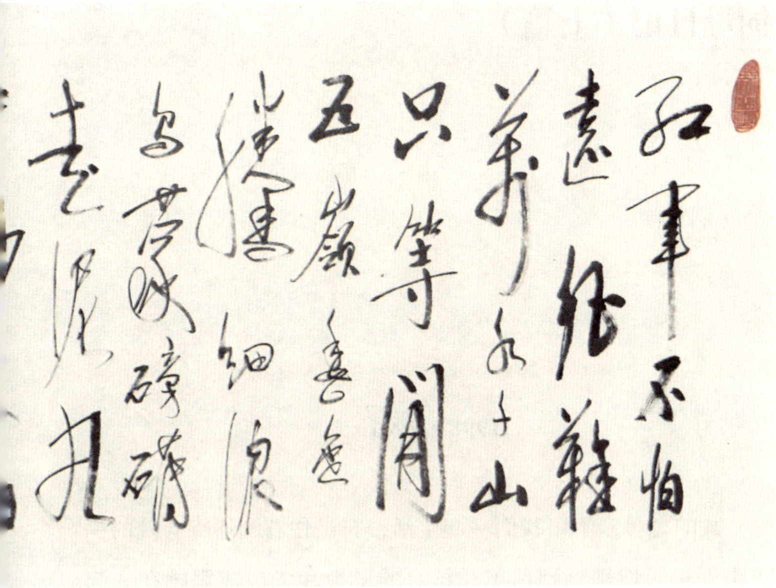
红军不怕
远征难
万水千山
只等闲
五岭逶迤
腾细浪
乌蒙磅礴
走泥丸

伺母日记（上篇）

1998·7·13

我的老母亲不跟我们一起生活，自己住着圆通寺寺院的一间小平房。怕她感到孤单，每日的早饭和午饭我跟她在一起吃，晚上下了班也先到圆通寺跟她坐坐，说说话，然后才回我家。她高龄八十二了，身子骨还算可以，只要我把柴炭和水米安顿好，她老人家还能生火煮饭，洗锅刷碗。还能上街买菜买馒头，还日日不变地提着我父亲留下的一个军用水壶，到一个固定的商店给我打生啤酒。

这些日，我发现老母有些反常，说话声音压得很低，而且也不许我高声讲话。只要我的声音稍微一高些，她就指点着隔壁说，看让听着！我说隔壁又没住人，寺院的和尚只在那里放着些杂七杂八的东西，再说咱们又没说什么怕人听着的话，您老这是怎么了。她又指着隔壁用生硬的语调低声说，他们给按了电报！偷听呢！

真好笑。但看她老人家那认真的样子，我就依顺着她，也压着嗓音说话。

1998·7·17

今天中午我才真正地意识到，老母亲的脑神经有了问题。

十二点多，我从单位回到圆通寺。在窗前停放自行车时，我看见老母的眼神有点反常。她在屋里趴着门玻璃用一种怪怪的目光盯着我。我拉门时她往后退退，但还是那样的盯着我。一进家门她抓住我胳膊就往起撸袖子，嘴里连声说，妈看把俺娃捆的，妈看把俺娃捆的。察看完右胳膊，又要看左胳膊，我甩开不让她看，问她您这是干啥。她说，我知道，他们捆了俺娃，俺娃也不跟妈说。对她这种异样的行为，我没有半点思想准备，只觉出她这是有了病，别的就不知道该说些什么，该问些什么，该怎么解释。在下意识里，我有一种不愿承认这是事实的想法。

后灶台有一只碗，上面又翻扣着一只碗，里面是她给我温着的韭菜炒鸡蛋。水瓮旮旯有一只军用水壶，装的是生啤酒。军用水壶是日本货，是我父亲在抗战时打鬼子得的战利品，他没按纪律规定的那样往上交，而是带回家给了自己的老婆，让她锄田的时候装水喝。五十多年过去了，父亲也去世有二十多年了，可这只水壶仍派着用场，只是背带已经没有了，绿漆也已经磨没了，光亮光亮的好像不锈钢做的。

灶火的锅里是大烩菜，上面的笼里馏着馒头。这是我们母子俩永远不愿意变换的永远也吃不草的美餐。可今天的菜特别的咸，她一定放了两次盐。盘里的白馒头，每个上面都留有很清晰的黑指印。她抓过煤块的手没有洗，指头黑黑的。

不管我愿不愿意，我都得承认，她这是真的有病了。

下午问过大夫，让我观察两天再说。

1998・7・18

听说奶奶有了病，我的女儿来看她。一进屋，老母就急急地说，丁丁，快！快！快把你爸爸抱在被垛后。丁丁不明白奶奶的意思，问您说什么。老母说，有人来抢他呀，快把你爸爸抱在被垛后藏盖好。丁丁说我哪能抱动我爸爸。老母说，能，能，他统共七个月大，统共十来斤重。丁丁问说谁来抢我爸爸。老母说，老和尚用电报联络了下马峪的人。

下马峪是我的应县老家。1949 年的农历正月十五，我出生在那里。

1998·7·19

二虎是我一块儿耍大的朋友，两家的大人也相处得很好，他的家和我家相距一百多米。上午 9 点多，老母急忙忙地来到二虎家，跟他妈说，高大娘快点，有灰人在西门外的广场正打我招人呢。高大娘一听也急了，从街上叫了几个邻居，和我老母相跟着赶到西门外。可是，广场平平静静的，哪有个打架的场面。高大娘问我老母，您咋知道招人在广场碰到灰人了。老母说，我在家看见的。

邻居们这才知道，曹大妈这是疯了。

1998·7·20

今天上午 10 点多，老母又拄着拐杖到了二虎家，又跟高大娘说灰人们正在西门外打我招人呢。高大娘哪还会再相信有这事儿，说她瞎说呢。老母很生气地走了。别人不相信，她相信，因为老人家又看见了。老母返回家取了菜刀，就“噔，噔，噔”地拄着拐杖往街外走，要到广场去解救她的儿子。

寺院门外有两个要饭的，其中一个叫三儿的问说，曹大妈您老这是做啥去呀。

这两个要饭的经常就守在庙门外，跟进寺院上布施的香客们讨钱，老母很关照他们，常给他们买糖饼，还特意准备着一个缸子，从家端出开水给他们喝。三儿有回跟人打架，对手拿硫酸把他脸给烧了。老母让我给开烫伤药，她还应时按候地亲手给他搽抹。

他俩问明白了是怎么回事就说这还了得，走，曹大妈，我们跟您去。一个左手拄着拐杖右手提着菜刀的白发苍苍的小老人，一左一右跟着两个衣衫破烂手握半头砖的讨吃子，其中一个的脸上是明光光的红伤疤，像鬼。三个人气狠狠怒冲冲地向广场进发。他们的身后跟着看红火的人们。队伍越来越大，越来越浩荡。过来两个交警，企图驱散已经妨碍了交通的人们，但作用不大，只好向“110”报警。

11点半，我在公安局办公室接到电话，让到巡警大队的盘问室，说那里有三个闹事的人，让我去认领。他们说的是三个闹事儿的人，所以当时我根本就没想到里面会有我的老母亲。

我在大门拦了一辆“夏利”，三儿看出司机有点不愿意让

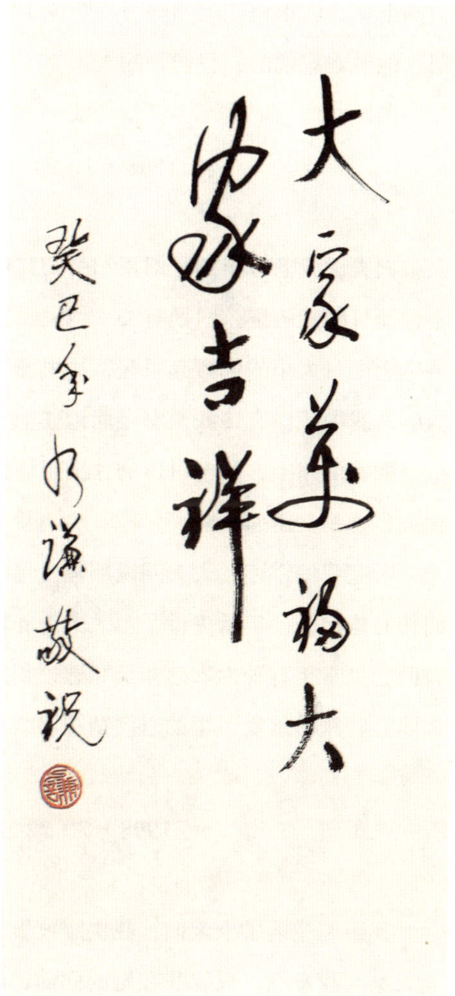
大家幸福大
吉祥
癸巳年
敬祝

他俩上车，就很识相地招呼另一个说走哇。我说没事没事，上吧。他说看您说的，我们是啥人。

1998·7·21

大夫说我老母得的是幻视幻听幻觉症，主要的病根在我身上，而且跟我的婴孩时期有关。他说，要不是这样那为什么她要把七个月大小的你藏起来呢，这里面一定有原因，你心里有数吗？我说我没有，我说有谁能记住他七个月时候的事呢？

回家的路上，我经过琢磨才决定该把所知道的一些事告诉大夫，于是又返回医院。

听完我的讲述，大夫问说那你生母呢。我说因为丢了孩子而伤心成疾，一年后去世了。大夫说问题就出在这里，你老母亲的心里常年有种内疚感和负罪感，积压了几十年后，在年老体弱心理压力承受不了的时候精神崩溃了，就是这么回事儿。

1998·7·22

我跟单位请了十天假，我决定夜里也不走了，成天陪着她老人家。我发觉，只要我在她的面前，她的情绪就平稳些。可我总得出去，我得上街买菜买饭。怕她又乱跑，出门的时候我把她锁在屋里。每当我不在家，她就像个小孩似的趴在窗玻璃里向外张望。当看见我下了大门的台阶进院了，她那焦急又紧张的神情才放松下来。

1998·7·23

我给七舅舅打了个电话。

七舅舅的大女儿妙妙在七舅舅晋中地区的一所中专学校毕业后，在当地分配了工作。七妗妗和孩子们都还在村里。七舅舅和妙妙父女俩还只是在放假期间回到应县村里跟家人们团聚。一家人两地分居，这不是个办法，得想法往回调。我和七舅舅商量，因为妙妙面临着找对象问题，咱们先把妙妙的工作调回大同。最后在我妻子二姐夫的帮助下，把妙妙调回了大同市齿轮厂工作，就跟姑姑住在圆通寺。后来给妙妙找了对象，是我们市公安局内保处新分配下来的转业军人王生龙。我再次求助妻子的二姐夫，在他的帮助下，优先给王生龙分了房子。妙妙结婚后，我又人托人，托了好朋友赵喜民，找到了他大同二中时的同班同学，当时任大同煤管局副局长的倪局长。就这样，在倪局长的帮助下，把七舅舅调回了大同市煤管局下属的姜家湾中学任教务主任。

五舅舅分了楼房后，把大同二中旁仓门十号院的房子让给了七舅舅住。这样七妗妗一家人就都跟村里搬上来了。

听说我老母病了，七舅舅和七妗妗都来了。七舅舅同意大夫的建议，那就是，因为她老人家年纪大了，不适合到神经病医院，只在家里吃药治疗。

我和他们正说着话，老母指着窗外说，听！我们听了听，除了和尚在庙里敲着木鱼念经外，别的没有什么特别的声音。可她又说，听！和尚说，打死招人，打死招人。我们又静静地听了听，原来她是把“噔噔噔噔”敲木鱼的声音幻听成了“打死招人”。妗妗说您好好儿听听是啥声音。老母听听说，这阵儿不是了，那阵儿是，成天都是，打死招人，打死招人，毒呢。

七妗妗说这一准是跟上啥了，最好是问个大仙给镇镇。我说那没用。七舅舅说，我看给老人换换环境吧。我赞同。

解放初，政府限制宗教活动，把圆通寺外院的十多间禅房做成了政府的办公地点，1958 年我九岁时，这个外院又改成了家属院，于是我们家就住了进来。后来别的户家陆陆续续都搬走了，只剩下我老母一人，至今已经有四十多年了。

要换环境离开寺院，我们一致认为，最理想的地方是她的娘家钗锂村。

1998·8·7

我们从下马峪回来了。按原来的计划我们是回钗锂村，我跟七妗妗也要了村里房钥匙。

可到了应县城老母就改变了主意，要回下马峪。我怕在下马峪她会触景生情地回想起五十年前的事，但无论怎么哄劝都说服不了她，只好依着她，指引着朋友把“伏尔加”开到了下马峪。

我们住在我老母的表弟家，老母叫他喜娃，我叫他喜舅舅。我没跟他说我们为什么回来，老母也没说什么，她好像是根本就记不得自己幻觉过什么事情。

吃过午饭老母说想到坟地看看，我领她去了。进了坟地她就坐倒在坟前哭开了。“那货唉——那货的。那货唉——那货的。”她在哭我爹。她叫我爹叫那货。她不会述说，就这么一句，哭了足有半个钟头。怕她哭坏身体，我劝她别伤心了，可我劝不住，只好也站在一边流泪。

村里人听说她回来了，都来看她，有叫她换梅的，有叫五大妈的，有叫五奶奶的。除了头一天，其余的中午饭我们都没在喜舅舅家吃，这家请完那家唤，早早就都排好了。老母很高兴，很觉得有面子。

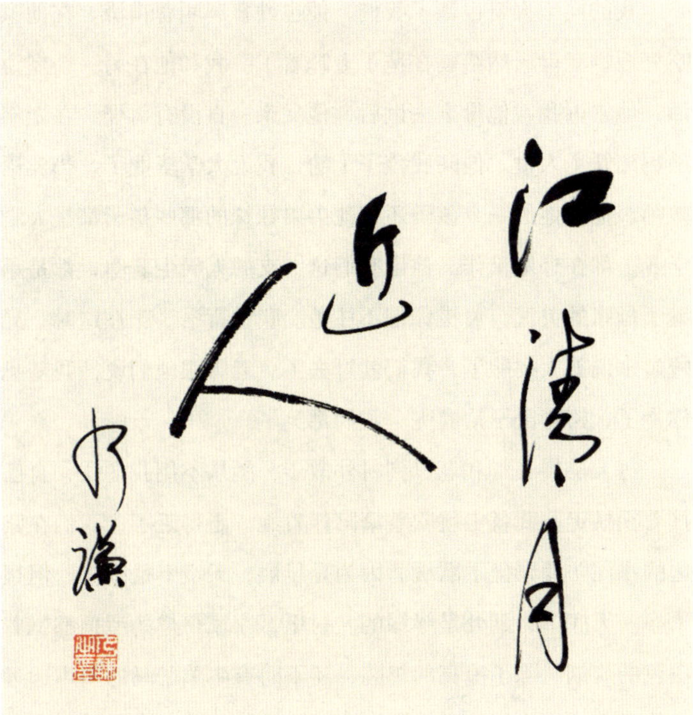
江清月近人

我的同胞大哥也请了我们，他也姓曹，叫曹甫谦。在他家吃完饭，老母居然给躺在毡子上睡着了。我和他在另一个屋说话，他告诉我，他母亲去世后，他父亲一直没有再娶，在四年前也离开了人世。他问我孩子干啥，我说大学毕业了，当英语教师。他说他的三个孩子还有他弟弟妹妹的那些孩子都是大学毕业，都在外地工作。他说咱们这一支的人天生聪明，都是承继了母亲的灵气，可惜你记不住她。我没言语。正在这时，兄嫂过来说五大妈醒了，我们就过去了。老母跟他们说，我梦见你爹了，挎着筐子拾粪呢。我们都笑了。

每天早晨我都和老母到村外散步，她从不用我搀扶，自己拄着拐杖走。我就走就吹着箫陪伴着她。走得乏了，我们在路边的水泥防渗渠坐下歇缓。因为是早晨，天空不是很蓝，但很干净。天底下，到处是绿绿的。村里，家家户户的屋顶都飘着白色的炊烟。除了嘹亮的鸡鸣，还不时有牛羊驴马的叫声远远地传过来。一个俊俏的小媳妇提着篮篮过来了，走到我们跟前站住说，你们回啦。我妈说你出地呀。她又看着我的箫说，你吹得真好听，我就做饭还就听呢。她走后老母说，你看，认也认不得咱们就问候咱们呢，认也认不得你就夸你呢。有人夸她儿子她高兴。

可能是下马峪明朗的阳光皎洁的月色清除了老母心头的烦

躁，也可能是下马峪清新的空气和谐的色彩净化了她的头脑，也可能是下马峪浓浓的乡情纯纯的乡土稳定了她的情绪，还可能是来下马峪的头一天她在坟地的嚎哭，把堵在胸口的郁闷都吐出去了。反正是，这半个月里她老人家的言谈和行动一直很正常，没有出什么差错，更没有出现幻觉。

1998・8・9

怕再有个什么反复，我和七舅舅商量，没让我老母回圆通寺，直接把她送到七舅舅家。七妗妗不上班，整天能陪她说话，这样她就不感到孤独。她没表示出不愿意，顺顺当当地听从着我们的安排。

好几个月前我们家就集资了新房，从六月份开始装修，自老母有了病，停了下来。这次从应县回来我又请了匠人，开始动工。

1998・8・12

中午下班我去七舅舅家看老母，七妗妗留我在他家吃饺子。

我们应县人吃饺子，有个习惯是，让客人来尝尝煮好了没。意思是由客人决定饺子皮儿的软硬，该不该出锅。没有客人的话，那就是由家里的最尊贵的人来尝。

饺子煮得差不多了，七妗妗捞出一个，把碗递给我让我尝。我没推让，接过碗，夹开一看，里面有个钢镚儿。七妗妗说，看俺娃那命好的，尝饺子就尝住了钢镚儿。

我老母说，你们当是啥，招娃那命，你们当是啥。

1998·8·29

无论多忙，我每天总要去仓门七舅舅家一趟，让老母看看我，知道我还好好儿的活着，没出什么事儿。我跟老母说新装潢的家里面也有您的一间，以后您就跟我们住一起吧。她说噢。

1998·10·6

昨日把老母从七舅舅那里接回我家过了个中秋节，夜里，我跟女儿和妻子三个人挤在一起，腾出女儿的床让给老母。

今天，我把老母送到了我们的新房。屋里有股油漆味儿，她不嫌。她像个验收人员似的这里看看那里看看，不住口地说，行了，行了。招人，行了，过去的老财也没住过这么好的房。我把二十四平方米的客厅装修成书房，除了一面是采光大玻璃外，其余的三堵墙全是屋顶高的书柜，把我的四千多册书都码了进去。她说，啧啧，看这书多的。啧啧，尽把钱买了这。验收到她的屋，我说妈，您看这是您的房，您看这是您的床。她的嘴一扁一扁的但又控制着没哭出来，后来变成了笑模样，又重复着刚才的话说，过去的老财他也没住过这么好的房。怕老母夜里摸不到按钮，我给她的床头安装的是拉盒开关。我让她试试好拉不，她说大天白日的费那电干啥。嘴里虽这么说，但还是“咯吧咯吧”地试了两下说，好拉，真好拉。

1998·11·22

老母自从八月十六住进新房，我就一直没让她离开过，我不想让她再回寺院住了。我从圆通寺把她的衣物被褥和洗涮用具拿了过来，哄她说佛教会给了咱们五千块钱，把圆通寺的房收回去了。她问家里的东西呢，我说烂箱烂柜新房这里用不着，全给了高大娘。她说，管它，给给去哇。可一下子又惊惊乍乍地问，啤酒壶呢？我说那当然拿回了。她说，我就说。

我还像在圆通寺那时候，每天早早的就提着牛奶和糖饼过来了，午饭、晚饭也是跟她在一起吃。不同的是，她再也用不着挖灰生火了。

煤气灶还在旧房没搬来，我得用电炒锅做饭，但实际上都是从饭店往回端现成的。嫌麻烦，我不打生啤酒了，一捆一捆的买瓶儿装的云冈牌啤酒。老母问生的好还是熟的好，我说还是您给打的生啤好。她说要不妈还每日给你打去哇，我说那可做不得小心走丢的。她说噢，走丢就灰了，就回不了家了，见不着你了。

1998・11・30

老母自己在我们的新居住了五十多天。上个星期日，我们全家都搬来了。

老母最奇怪电饭煲做出的米饭咋就半点儿也不焦煳，我告诉她快煳的时候就自动断电了，她说看那好的。她叫电饭煲的那两个指示灯叫“人儿”，一煮米她就守在桌子旁给看着，等到指示灯一变换就大声地向我们报告说“人儿跳过去了，人儿跳过去了”，好像她不守在那里，“人儿”就跳不过去似的。

晚上我让老母跟我们一起看电视，她问咋老也没山西梆子，我说我们不好看那。她说我可好看，你死鬼爹也可好看。妻子跟我说，要不咱们再买上个大电视，省得你一看球赛我们就啥也看不成了。我说那太好了。

1998·12·3

大电视买回了，我先给老母找山西梆，没找见，找见了京剧。老母说这就是这就是，我说这是京剧，她说你们年轻人不懂得，这就是山西梆，我说那您就看吧。

不管是什么剧种，只要是古装戏她都叫山西梆。古装戏也不是天天有，没戏了她就跟我妻子去看电视剧，可不管看啥，看着看着她就丢开盹了，让她去睡她说还看，看着看着她又睡着了，有时还打呼噜，但电视一关她就被“吵”醒了。

1998·12·16

隔个十天半个月，七妗妗来家，在电淋浴下，帮着给我老母洗个澡。洗着澡，跟兄弟媳妇说说老古家常话。老母的情绪就好些。七妗妗家人多，等着她做饭。我也不强留，用自行车把七妗妗送到仓门。

老母跟我们说你七妗妗尔娃好人，小小儿就嫁给你七舅舅了。我妻子问他们结婚时是多大，老母说，两人都还是十六七的小孩。

我想起了，七舅舅结婚后，我爹才又给他联系着，到大同三中上了学。

1999·1·4

自老母有了病，我一直没动手搞过创作。看护老母和搞创作，这两样事都得全身心去投入，不能兼顾，否则的话哪样事也做不好。我当然得先顾恩重如山的老母，我要先当孝子后当作家。现在她老人家的病好了，我又能动手写了，已经写了十多天。

我的习惯是在后半夜起来写，怕电脑的嗒嗒声影响别人睡觉，我把书房的两扇门都关住。可在第一天老母就推门过来了，我压低着声音说把您吵醒了，她也压低着声音说我原来在后半夜也睡不着。她从没见过我打电脑，说要看看，我就给她搬了把椅子。这要是换个别人看着，我肯定写不在心上，可老母坐在我身旁就没关系，影响不了我的思路。一连几天，或迟或早老母总要进来。我知道在我们白天上班的时候她睡好了，

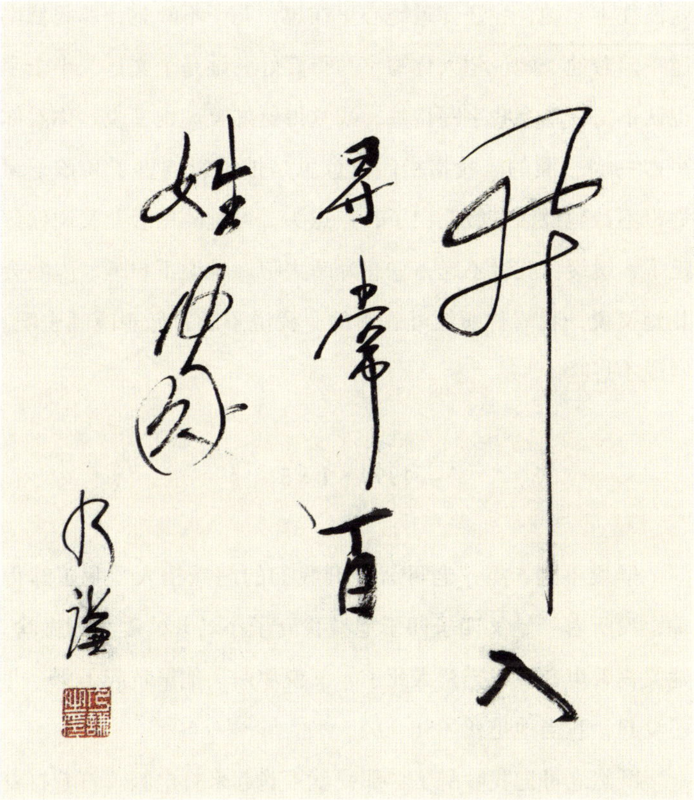

就没往走劝她，我还知道她心里在想，儿子不睡觉，那我就也过来陪着他。她说招人你写字写得真好。她是个文盲，半个字也认不得，却夸我字写得好，我觉得挺好笑。她又说，你看你写得一溜一溜的。我指指门，意思是怕她影响妻子和孩子睡觉，不让她说话。她明白了，点点头。可她隔一会儿又说你打乏了，缓缓。我说不乏，您想睡睡去吧。她说不想睡。隔一会儿她又说，我看你缓缓哇，乏的。我说不乏，您想睡睡去吧。她说不想睡。

1999·1·5

早晨不到5点，老母就推开我们的门喊招人，我正睡得香，没听着。她又四子四子地喊我妻子小名儿，妻子问做啥。她哭丧着声音说我当招人死了，又说那两天他早就起了可今儿还没起，我当他是死了。

既然老母把我吵醒了，那我就干脆起来打电脑。打着打着听见老母又推开了孙女儿的门叫丁丁，丁子起哇，丁子起哇。丁丁没好气地问说干啥，她说，奶奶知道你渴了，你起来喝口水哇。

老人家今天这是怎么了？该不是又要犯病？我不敢往下

想，看看她的神情，好像没事儿。

1999·1·7

昨天上午10点多，我在办公室接住对门邻居老葛的电话，告给我你妈说电脑着了。我吓了一跳，赶快回家。原来是昨天早晨打电脑当中停电了，我没关显示屏开关，上午我上班时，来电了。老母看见屏幕亮着，就在屋里狠死地拍着门喊人。

今天又是在上午的10点多，又接住了老葛的电话，说你妈又拍门大声喊叫，说家里着了火。是不是煤气忘关了？烧了什么东西？我来不及骑车，打了个“的”就往回赶。

虽是一场虚惊，并没有发生什么火灾。但有更大的不幸发生了，那就是，老母的幻觉症又犯了。

1999·1·14

我又请了假，整天陪着老母。白天她还好些，眼睛痴痴的不说话，可每到半夜就大声吵嚷，无论我和妻子怎么唤叫她都清醒不了，用冰凉的湿毛巾擦着她的脸时，她还在不管不顾地叫骂。

“来！给爷上，不捅死你是假的”。“招人俺娃不哭，俺娃不吓，有妈呢”。“叫你扑，给爷扑”。“不捅死你是假的”。

妻子说她这是在跟人打架，我说不是跟人，是跟狼。她这是又回到了五十年前的那个日子。

我跟老母说，妈您醒醒，狼让您给捅死了。她说，谁让它要吃我招人。妻子问，招人是谁？她说，招人是我娃娃。妻子又问，他现在哪呢？她说，到学校上学去了。妻子指着我问，您说这个人是个谁？老母眨巴眨巴眼想了想说，是招人。

1999·1·20

大夫批评我，说老母的病重犯是因为我给停了药的过，这回再往好治可不容易了。七舅舅说我看主要是因为你们两个白天上班家里没人，老人孤独的过，我看给老人雇个人聊聊天说说话会好些。我们一致的看法是，雇生人不行，要雇就得雇个熟人。我回下马峪雇来了我父亲的侄孙女，一个月三百块钱，人家挺愿意在，可我老母不让她接近，她一到跟前就“呸呸”地往人家脸上唾。没办法，我只好又把她送回了村。

七舅舅说要不再来我这里住些日子，看看能不能调理过来。

在七舅舅家住了几天，老母的疯说疯闹没什么好转，却又发生了另外的事故。七舅舅家床高，老母在夜里给摔倒在地下，不能走路了。第二天七舅舅把老人送回我家说，没事没事骨头没断，过些日就好了。

七舅舅说他姐姐没事，可我不放心。我家就住在地区医院旁边，舅舅走后我把我的警察皮帽给老母按在头上，把她背到医院，拍了片子做了检查，骨科大夫也说骨头没事儿，我这才背着老母回家。外面正飘着大片大片的雪花。路上有熟人说，你这是背着老母奔梁山去呀？他这是在跟我开玩笑，可我却笑不起来。

老母左边的坐骨软组织受到了严重的损伤，大夫说因为她年老，要想恢复到能坐的程度得三个月，要想行走得五个月后。要这么说，在这三五个月内她老人家的脸得人给洗，饭得人给喂，大小便也得人侍候，大夫说还得勤给她翻身，要不得了褥疮像她这个年龄就好不了了。那怎么办，要不我请长假？正想到这里，老母在我背上喊叫说，发山水了，发山水了！

回了家才发现，我的警帽和她的一只棉鞋不知道在啥时候给丢了。我说鞋和帽子掉了您咋不言语，她说，桑干河发大水呢，桑干河发大水呢。

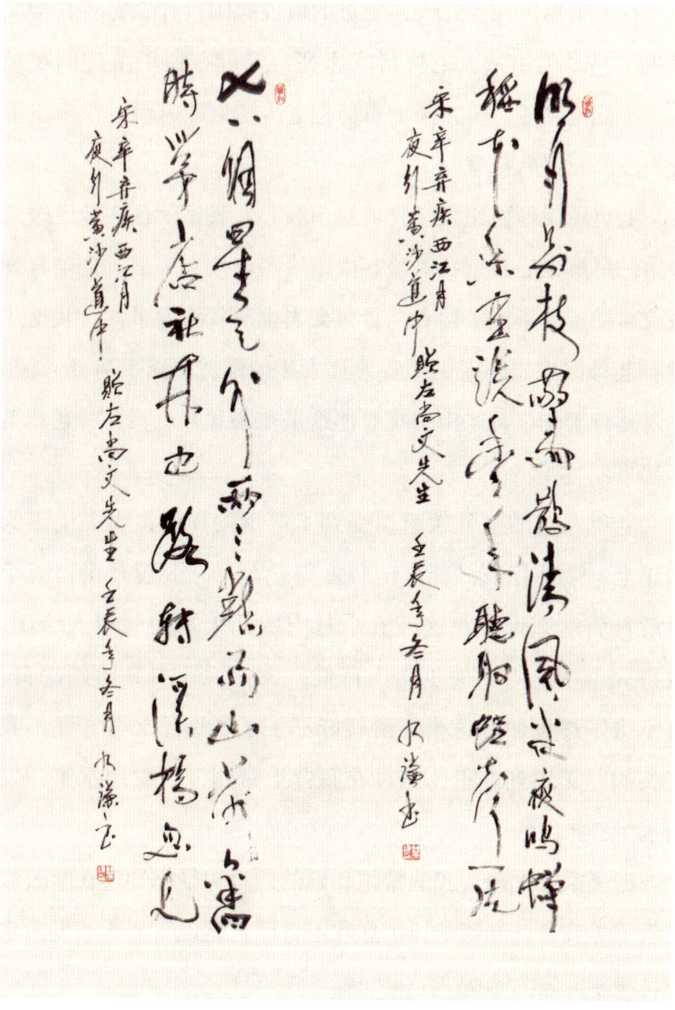
明月别枝惊鹊清风半夜鸣蝉
稻花香里说丰年听取蛙声一片
宋辛弃疾西江月夜行黄沙道中 贻古尚文先生 壬辰年冬月 水涵书
七八个星天外两三点雨山前
旧时茅店社林边路转溪桥忽见
宋辛弃疾西江月夜行黄沙道中 贻古尚文先生 壬辰年冬月 水涵书

当初那个英雄的小妇人，现在竟然成了这个样子。我“唉”地叹了口气，同时禁不住落下了伤心的泪。

1999·2·25

老母主动问说你七妗妗该来再给我洗洗。我说四子帮您洗。她说咋好意思叫人家媳妇帮着洗。我说让玉玉来。我妈说噢。我把玉玉叫来，因为不能坐，只是打了热水简单地帮她洗了个澡，换换内衣。

洗完玉玉悄悄跟我说，姨姨问七妗妗是不是有病了。我说，姨姨脑子还机明。

我老母就是猜对了。七妗妗有了病，孩子们领到北京看去了。

1999·3·2

今天是农历的正月十五，是我的生日。老母叫过生日叫过生儿。每年的这一天她总说，招人俺娃的生儿好，一世界的人今天都吃好的穿好的，又放炮子又点灯笼，又拢旺火又闹红火，为给你过生儿。按她的说法，好像在我出生前人们不闹元宵似的。

中午妻子跟老母说，一会儿吃饭时把您扶起坐在椅子上，看能坐不。老母说，能，我今儿觉意得不疼了。妻子说，招人生日您高兴的过。老母说，不用说也是，一世界的人能有几个是正月十五的生儿，我活了八十多了就知道还有个汪老也是今儿的生儿，再没听说过还有别人。妻子说，您还知道汪老？老母说，常听招人说。又说，老汉尔娃好人，尔娃教招人写呢。

我们把老母扶在了椅子上，她果然能坐了。吃完饭她说还想坐会儿，可怕她坐不稳摔倒，我们就找出条围脖儿拦腰兜紧，后面和椅背挽住。老母说，你俩把我当成小娃娃了。

1999・3・3

听说姐姐能坐了，七舅舅在电话里说我早就跟你们说没跌着。他说的没跌着是指骨头没断，因为是在他家摔的，他怕担责任，落埋怨。实际上谁也没说他什么，是他自己要多心。

这些日，我和妻子一有空儿就搀扶着老母练走路。老母像个小孩子似的就走就说，“走一走，转一转，出野地，看一看”。

1999・4・13

老母每三天大便一次，算计着老母今天要大便，我在单位把手头的工作忙完后就回了家。一进门，躺在床上的老母跟我说，我刚才圪蹴了。老母叫大便叫圪蹴，这是她一贯的说法。她说，是我自个儿去的，可咋冲也冲不下去。我赶快跑进卫生间，原来她把我们给她裆里衬的纸尿巾掉进了便池里。那要是真冲下去可糟糕了。

老母自己能走了，能到卫生间送屎尿了，这太是一件大好事了。我和妻子真高兴。

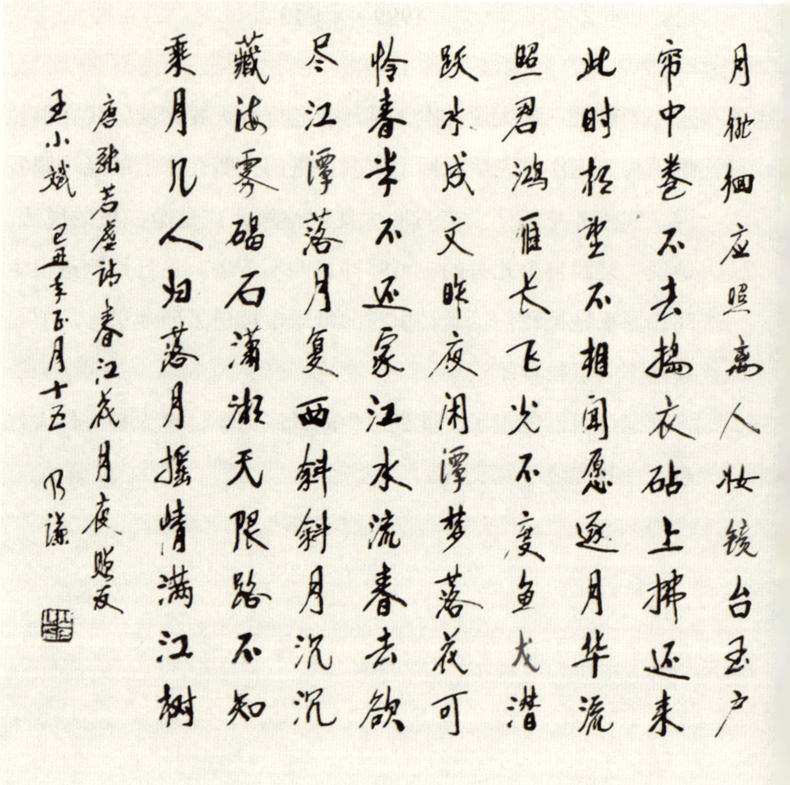
月徘徊应照离人妆镜台玉户
帘中卷不去捣衣砧上拂还来
此时相望不相闻愿逐月华流
照君鸿雁长飞光不度鱼龙潜
跃水成文昨夜闲潭梦落花可
怜春半不还家江水流春去欲
尽江潭落月复西斜斜月沉沉
藏海雾碣石潇湘无限路不知
乘月几人归落月摇情满江树
唐张若虚诗春江花月夜赠友
王小斌 己丑年正月十五 乃谦

春江潮水连海平海上明月共
潮生滟滟随波千万里何处春
江无月明江流宛转绕芳甸月
照花林皆似霰空时流霜不觉
飞汀上白沙看不见江天一色
无纤尘皎皎空中孤月轮江畔
何人初见月江月何年初照人
人生代代无穷已江月年年只
相似不知江月待何人但见长
江送流水白云一片去悠悠青

第三辑

伺母日记（下篇）

1999·4·28

一大早，老母就说，说上个啥也得叫你七妗妗来给我洗个澡。我说行，我给您叫去。老母说，妈主要是想你七妗妗了。我说我给您叫去。我就走了，我早就想走了，七妗妗到北京做完手术回来，伤口一直不好。

我急急地赶到了仓门。

七舅舅坐着小板凳，靠着病床，他的手紧紧地握着七妗妗的手。七妗妗看见我，笑了一下，没说话，眼里流下了泪珠。我的鼻子一酸，也有泪流下来。

就在这天的下午，勤劳一生的我的亲爱的七妗妗离开了大家，走了。

晚上我跟仓门回来。老母又问，妈等了一天，你咋没把七妗妗叫来。

我说，七妗妗有病。准备送回村休养去呀。以后不能来给您洗澡了。

半天了，老母才说，噢，回村里好。

1999·6·12

丽丽搬了新房了，来家请我们去“认认门”。丽丽在家准备饭，妹夫杨瑞打着的来接我们。

吃的是饺子，皮儿薄馅儿大味儿香。我是五个五个给我妈碗里夹，我妈吃了十五个，还想吃，我说妈您不怕吃得多了？我妈说，要不甭了。

吃完饭，杨瑞给我们在家里拍照。

走的时候，丽丽把剩下的饺子都给我们打包上了，说明天给姑姑用麻油煎上吃。我说别了别了。我妈说孩子给就拿上哇。我妈在莉莉跟前一点也不拿心。

1999 · 6 · 14

我们单位组织人员去深圳出差，实际上是去旅游。但我不能去。

上次已经有一半的人去过东北的一个地点，说那里距离朝鲜和俄罗斯都很近，步行就能“出国”。我也没有去。上次去过的人这次就不能到深圳了。但是两次的旅游，我都不能去，因为我怕老母长时间见不到我，又会犯病。

妻子跟我说，你跟母亲好好儿说说，要不把她寄放在舅舅家。我说不行，你跟她说得好好儿的，她也答应了，可是我一走半个多月，她见不着我，犯病了怎么办。

我不敢冒这个险。寄放在舅舅家，我也得三天两头地去探视。妻子说这么好的旅游机会，真遗憾。遗憾就遗憾吧，总比老母出了事好。

1999 · 7 · 1

丁丁请我们上楼去吃饭。丁丁的新房跟我们家是一个单元，我们在二层，他们就在我们楼上四层。

我搀扶着老母上楼。老母就走就说，看这好的。楼上楼下电灯电话。我说，妈您跟哪学会这么句话？老母说，你死鬼爹好说这句话，说是就共产主了义了，可现在主了义了，却没了他了。我赶快打岔说别的，怕她想起不愉快的事又犯病。

1999·8·21

七舅舅来家看姐姐，跟兜里掏出个食品袋儿，里面裹着一个鸡大腿。七舅舅家多会儿吃炖鸡肉，总要给姐姐拿个鸡大腿。这已经成了“法定”的事了。七舅舅跟他的孩子们说，多会儿也不能忘了姑姑对咱们的好，要是没有你姑姑就没有咱们一家。他这话是指他在大同三中住校上学时，到街道报名参加了抗美援朝志愿军，可是在到我们家告别时，让我妈把他锁在家里出不来，误了火车，没走成。七舅舅那一批报名十一个人，没一个活着回来的。他常常跟孩子们说，我那次要是去了，也就成了烈士，哪能有你们。为这事，我悄悄问过我妈，说您不怕人家街道告您，说您破坏抗美援朝？我妈说，他们告我？我还想告他们呢。我兄弟才是十六岁的一个孩子，就叫去当兵。他们这是违法的。

七舅舅说快七月十五呀。老母说想回村上上坟，七舅舅说，过两天让四蛋送你去。

四蛋就是一世，他是七舅的长子。四蛋是小名儿，一世是我给他取的大名。

老母没有问七妗妗的事。

1999・8・26

我坐着一世的桑塔纳，陪着老母回了下马峪村。这次内蒙古的三表姨也回来了。我们还是住在喜舅舅家。

三表姨、喜舅舅是亲兄妹，叫我妈表姐。亲亲的表姐。我妈的爹跟他们的妈是同胞兄妹。

也就是在这次，我问老母，妈，您常说的转山头，是怎么回事？我妈记不得具体的年代。三表姨跟我说，我爹 1944 年参加了地下工作，先是在应县周边打游击，有次回村让人报告了，乡公所的警察来家捉我爹。我爹跳墙跑了。我母亲让乡公所的警察叫走了，捆在树上用皮带抽打，让她说出我爹的事，我妈死不承认我爹回来过。后来托着人，我妈才让放出来了。自那以后，我爹再回家时，就不在家住，领着我妈进南山。老母亲说，他们共进过好几次山，凡是那样的日子，脑袋就别在了裤腰带上了。她说，说不定啥时候就没命了。她还说睡在石头上，前半夜很暖和可后半夜就凉了。还说身上的虱子一圪蛋

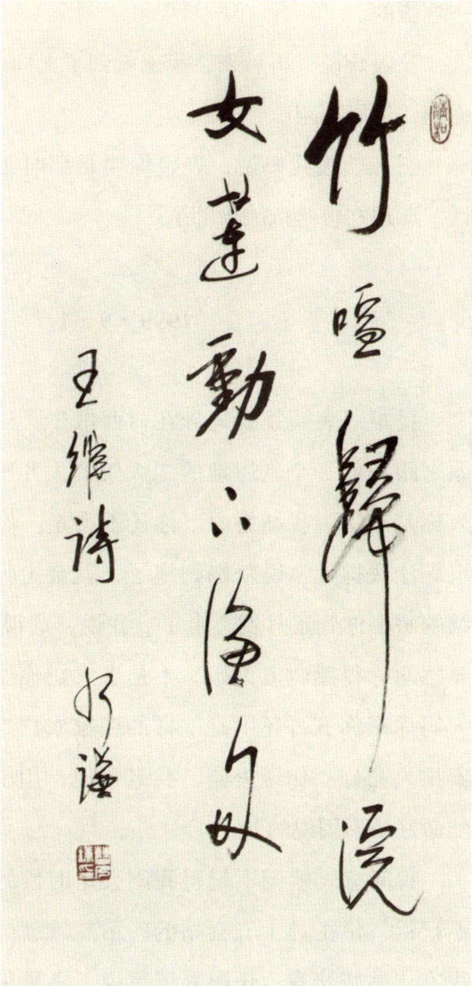
竹喧歸浣
女蓮動下漁舟
王维诗

一圪蛋的。

三表姨说，再后来，我爹就到了大同一带活动，你爹要领你妈，你妈不跟。

三表姨跟我妈说，表姐你要是那时跟上姐夫去了大同的话，那现在也是抗战干部了。

1999·9·1

我跟三表姨领着老母在村西散步，碰到了五嫂子。她是原来跟我们一个堂屋地的二大娘的大儿媳妇。五嫂子说，招人你是忘了。我结婚时，你还不会走。你妈把你抱在我的怀里，让我抱抱。说新媳妇抱了，就会走呀。可不，我是腊月结的婚，你到正月就会走了。我说，这得感谢嫂子你。她说，要感谢你得感谢五大妈。不是五大妈你能到了大同。不是五大妈你跟你五哥还不是一样的庄家农户人？三表姨说，是人家招人命好。你说表姐。我老母说，用说？那意思是“招人的命好是不用说的”。

我问三表姨记不记得我刚会走时候的事，三表姨说那还不记得，你正月十五会站的，第二天就会走了，第三天就到我家让姑姥姥看，还跟喜舅舅说，喜舅舅你以后不能再骂我是招软软了，我会走了。我听了觉得失笑。

三表姨说，你一会走，你妈让我们家的狗跟你结拜弟兄。我说，三表姨你快说说这是咋的回事，我妈咋叫我跟狗结拜弟兄？三表姨说，你姑姥爷去世了，你姑姥姥黑夜总觉得是有人在窗户外，我们家就养了一条狗，你会走了，你妈怕你出街让狗咬，把你吓着。她就把我们家狗叫到你家，把你吃了一半的饭，专门不让你吃了，就端给狗吃。还要把你叫到狗跟前跟狗说，记住，甭咬招人，招人是你的弟兄。又跟狗说，你去说给别的狗，也不能咬招人。我越听越觉得有意思，问我老母，那顶事不？老母说，那还不顶事？你想想，你这辈子让狗咬过没？我想想说，没有。真的没有。我看见狗，半点也不吓得慌。三表姨说，你妈是你的保护神。多会也是为你着想着呢。

1999・9・12

事先就约定好了。我们在下马峪住半个月后，一世表弟无论哪天有时间，就来下马峪接我们。今天，我们又跟三表姨领着我妈回到了大同，住我家。

三表姨看见我的电脑说，两年前我到北京出差，在《北京晚报》上见有记者说你，说汪老喜欢你的小说。我说，汪老就是在那年去世了。治丧委员会还给我发来唁电，可我不能参加他老人家的追悼会。三表姨问什么原因。我说，还不是因为我妈。我妈在三年前就有点那种疑神疑鬼的病，成天说老和尚想往死害我。我每天得在我妈面前最少露三面，要不她就怀疑我让害死了。所以我不敢离开她，去北京参加汪老的追悼会。三表姨说我老母，表姐，你看看你，以后把那心放得那敞敞的。你年轻时候那么钢骨，现在是咋了？老母让三表姨说的先是不作声，后打岔说，招人你给三表姨吃啥呀？

1999·9·15

三表姨说招人你会写，你把你妈从得病到这会的故事写写，可要写个好故事呢。我说汪老活着的时候，我给汪老写信说，我妈有病我不能写作了。汪老回信说不能写完整的，可以做点笔记，哪怕一天做三百个字。听了汪老的，我就从去年我妈再次犯病时，开始做日记。实际上我妈这病在我做日记时，已经得了有两年多天气了。

我妈听着我跟三表姨的话了，问，你们说谁呢？

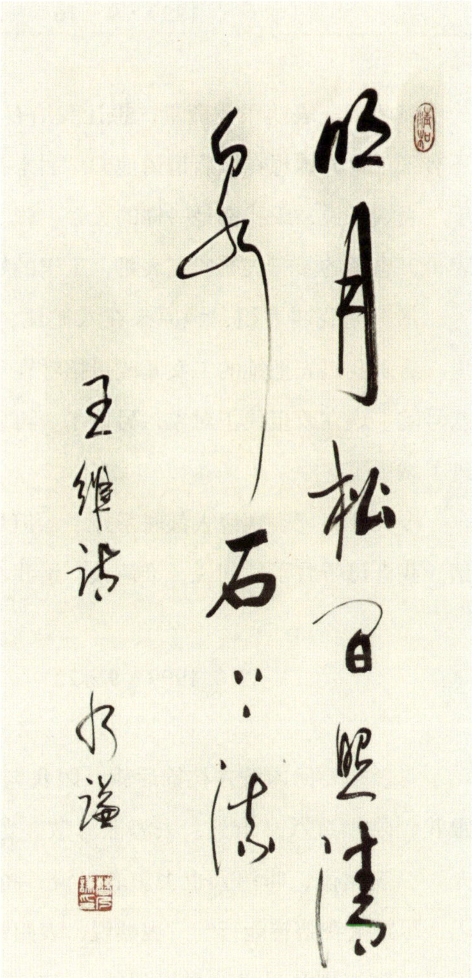
明月松间照清
泉石上流
王维诗

1999·9·16

前两天三表姨跟我商量，想让我给召集召集忠孝、玉玉，还有张玉兰，她想在饭店请请他们。后来我一想，这几个人对于三表姨来说，跟我都是一样的关系。张玉兰的爹三表姨叫大表哥，忠孝的爹三表姨叫五表哥，玉玉的妈三表姨叫二表姐。

张玉兰我叫表姐，她原来在八矿住，距离大同城八十多里。后来我妈先把她的二女儿改蛋招呼在身跟前，住在北小巷八号院。现在改蛋找了对象，另住了。再后来表姐一家人都搬进了城里了。

今天我跟三表姨说人都联系好了，但是玉兰表姐说，她要请。我老母听着了，问说，谁请人？请我不？

1999·9·22

三表姨要回内蒙古杭锦后旗，跟我老母说，表姐，走哇。跟我到陕坝过八月十五，去海散海散。老母说，我离不开招人。三表姨说，叫招人也去。老母说，招人不给人家上班儿啦，尽跟上我瞎转能行？三表姨说，表姐你知道这就行，以后把心放宽，别乱思谋这思谋那的，给人家招人添麻烦。老母说，我不了，以后不了，不瞎思谋了，瞎思谋这那的，尽给招人添麻烦。一家人都笑。老母也笑。

1999·11·5

站在厨房看见地区中医院有孩子们在学自行车，我一下想起小时候，我在圆通寺院里学自行车，我妈怕我摔倒，给扶着车后边，她说，你爹一辈子也不会骑个车，妈更不会，你给妈学会它。扶了两次我嫌她碍事。不让她扶了。我跟三角框掏着骑，没两天就学会了。在院里学的时候没摔跤，可头一次出街骑，撞在一头小毛驴身上，摔倒了。小毛驴主人让我赔毛驴。正好我妈过来了，跟他吵架，说，行，我赔你个毛驴。你得先赔我娃娃。人们给拉开了。那是小学二年级的事。

想想当年老母亲，三表姨用的词儿是说她“钢骨”，这个词用得是太准确不过了。看看现在的老母。我不由得叹口气。

2000·2·19

今天是正月十五，是我的五十一岁生日。妻子问我老母，妈您是多会儿的生日？老母说，我记不住哎。妻子又问我，我也说不知道。妻子说，看这大孝子。连妈多会儿的生日也不知道。

我真的是不知道。只知道我妈是属蛇。具体哪一月哪一天，不知道。我问过五舅舅也问过七舅舅，他们都不知道。我妈只给别人过生日，从来没给自己过过。

妻子挖苦我大孝子。我哪能够大孝子？我不够。

记得我在大同矿务局红九矿上班时，当时我本来是在宣传队，因为快过年呀，领导抓得紧，让赶进度排节目，我有十多天没回家。我妈怕我下井出了事故，跑到矿上看我。那天中午我们在朋友家吃的饭，朋友妻子说，曹大妈您记住，多会儿也是上往下疼呢，脚疼手帮着搓呢，手疼脚不管。

脚疼手帮着搓呢，手疼脚不管。这句话，我一辈子都记着。

2000 · 4 · 1

这些日老母精神状态很好。我把老母送到了北小巷八号玉玉家。一是这些日她常常叨念玉玉，二是丁丁快坐月子呀。

2000·4·16

丁丁在一医院做了剖腹产，两天了。生下一个漂亮的女孩。丁丁给取的大名，叫安妮。小名，叫滴滴。

滴滴出生的第二天就能睁眼看人。我给拍了照片，当天洗出来，我就拿着到玉玉家让老母看。老母说，呀呀呀。就像是出了满月的孩子。还问我叫个啥？我说叫个滴滴。老母说，好记，笛笛笛，好记。取名字就要取那好记的。隔了一会儿，玉玉问，姨姨，您说丁丁的孩子叫个啥？老母想想说，叫个啥来？叫个啥来？可好记呢，就是一下蒙住了。人们都笑。老母一下想起了，说，笛笛笛。

2000·5·14

滴滴过满月呢，我把老母跟玉玉家接回来了。满月就在我们家过的。滴滴跟四楼抱下来了，卧在床上。老母趴在滴滴跟前直是个看，看着说，想抱抱“笛笛笛”。丁丁说，奶奶别价，您看抱不动给摔了呀。老母说，噢，不抱不抱。看把娃娃摔了呀。

2000・6・22

老母说，招娃子，妈想看看“笛笛笛”。我说，我给您抱去。我跟楼上抱下来，让她看。她又说，妈也想抱抱“笛笛笛”。我说，您别把人家给摔着。老母说，我坐在炕上抱。老母叫床叫炕。

老母上床坐好，我就让她老人家把滴滴抱在怀里，我还拿出相机给她们拍了一张照片。

2000・6・24

我把老母抱着“笛笛笛”的相片洗出来了，给老母看。老母笑着看呀看，看不够。看了一会儿又说，招人妈还想带着老花镜看。我把眼镜帮她戴好，她继续看，笑呀笑的。

我问，妈，您说滴滴叫您啥？老母想想，想不出叫啥。

妻子说，叫祖祖嘛。

老母说相片里的滴滴，“笛笛笛”，你叫我祖祖嘛。

2000・7・10

我妈到表姐家已经三天了，今天我跟张主任说，还得用用您的车，到五里店去接接我妈。张主任说，那你就叫小白跟你去吧。

前两天老母说想东院你二表姐了，我说我给您叫去。

二表姐到大女儿叫云云，单位给她分了两间排房，地点在五里店。云云把爹妈跟八矿接来，住在了五里店。我到五里店叫表姐，表姐说，叫姑姑来我家哇么，房宽宽的住上些日。我回家跟我妈说表姐让您去她家，我妈说那我就去。我就求我们政治部张主任，让他的司机小白开车把我们送到了五表姐家。

2000・8・13

自七妗妗去世后，是玉玉来给老母亲洗浴。洗出来，玉玉跟我说，姨姨问，你七妗妗回村养病快有一年了哇？

老母心里啥也清楚，嘴里不说。

晚上一世表弟打电话问我，明天你跟不跟姑姑回村上坟去。我说回。

2000・8・14

今天是七月十五。一世先拉着我们到下马峪。

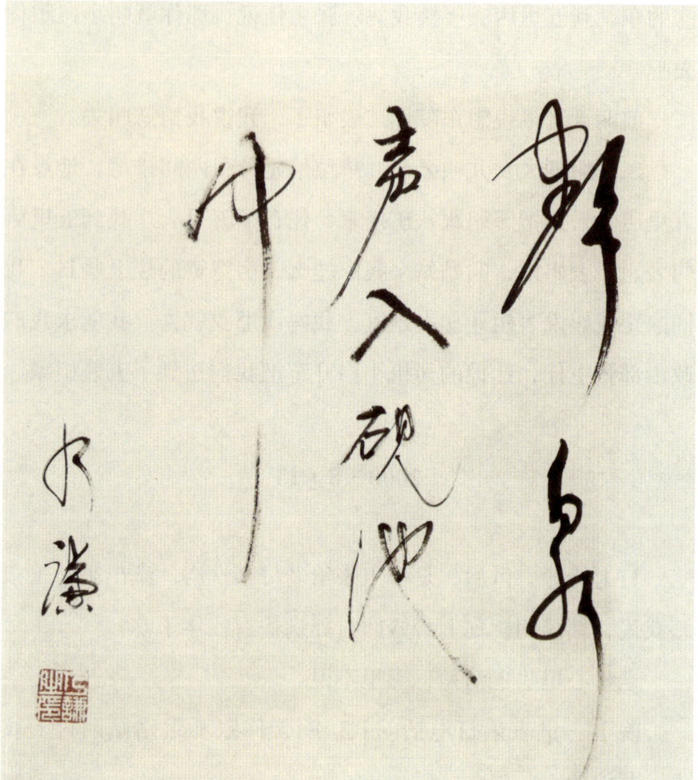

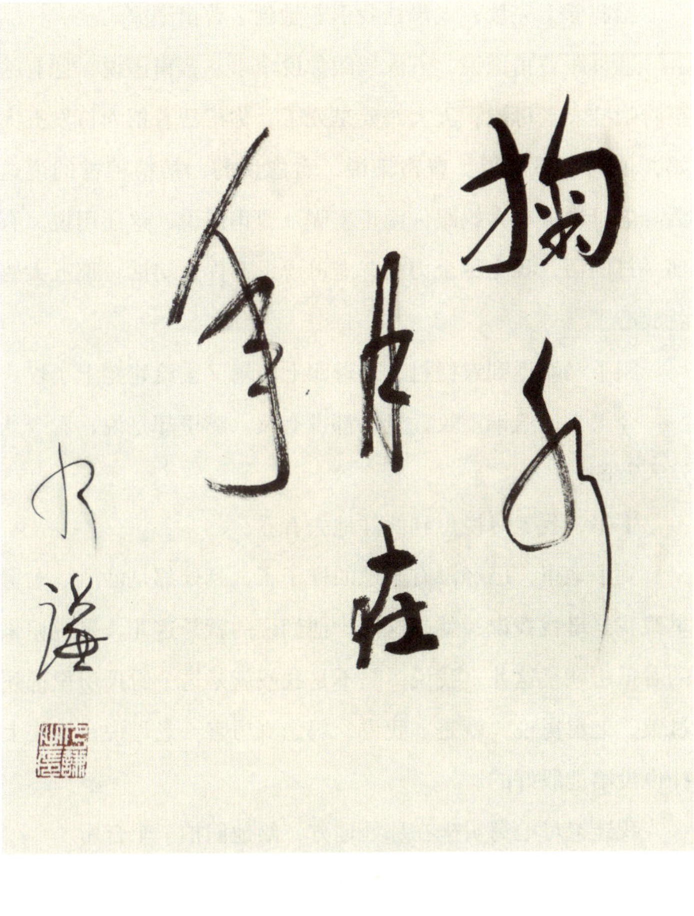
掬水月在手

给我爹上完坟，老母让我引着她到了曹甫谦家。

老母跟曹甫谦说，五大妈跟你说个事。曹甫谦说，您有啥事吩咐哇。老母说，五大妈要是死了，你得帮着招人打发五大妈，他啥也不懂得。曹甫谦说，看您说的，精精神神的说这话。老母说，五大妈跟你说正事呢。曹甫谦说，这还用说。有那一日的话，我会尽全力的。老母说，有你这句话，那五大妈就放心了。

跟下马峪返到钗锂村，老母跟七舅舅又去给姥姥上了坟。

今天无论给谁上坟，老母都没有哭。嘴里却是说，看今儿这天蓝的。

下午，我老母说想到西洼地去看看。

到了地里，已经没有土地的样子了，到处都是沙滩。七舅舅跟我老母找找说，就是这儿。他们说的就是这儿，是说原来的看瓜房就是这儿。我说，是不是我妈就是这个看瓜房里捅死过狼。七舅舅说，就是。我说，妈您真厉害。老母说，谁往上扑也没给他股好的。

我让老母七舅舅坐在那处地方，给他们拍了个合影。

七月十五本来是下雨天，可这天却是蓝天白云。北方，能看见三十五里外的应县木塔。

2000·8·16

这次上完坟，老母原打算是在下马峪住，可最后又说要在钗锂村住。

我和老母是住在了二宝家。东院二舅舅还精神。还好喝酒，我给他跟小卖部搬了一箱白酒。二舅舅高兴地跟我妈说，姐姐你看我没白看好这个灰外甥。老母说，我记得招娃小时候，让你把他送大同，可你只把他送上了汽车就不管了，娃娃是自个儿坐着车跟应县到了大同。二舅说，记着呢。可让你们这个那个，一伙人把我骂了个灰。老母说，你做上了那挨骂的事了，娃娃那会才是个四岁，要不的话，就是五岁。我说，五岁。

2000·8·19

我跟二舅舅、七舅舅还有我妈在西河湾河坝上坐着拉呱。

我远远地看见从南泉村的村北，慢慢地上来一伙怪物。有二十多个。

我问七舅舅那是啥。七舅舅看看说，不知道这是啥。二舅舅也说不知道。

老母"哼"地冷笑一声说，一看你们也不是那正经庄户人，那是些背着椽的人，要进山里头。

过了一个多钟头，那伙人上来了。果然是老母说的那样，每个人竖起背着三根椽。

二舅舅说，到底也还是姐姐，老了老了也比咱们机明。

我真佩服老母。

2000·8·21

姨夫请我们到家吃饺子。吃完饭我给姨夫留了二百块。

吃饭当中老母说姨夫，走哇，跟我到大同上招娃家住上两天。看看招娃住的是楼上楼下电灯电话。

姨夫说去就去上两天。

我说要去明天就走。我说我给我妈带的早点椰味儿面包没有了，香蕉也没有了。姨夫说我妈，姐姐你每天早点是牛奶面包。看你这儿子拉得值不值。老母说，我走哪，娃娃都要把牛奶面包还有香蕉准备得齐齐全全的。

2000·8·24

钗锂村到大同城早就有了私人面包车。我跟老母还有姨夫，就是乘坐着这种车到的我家。老母跟姨夫说，腿是个搅火棍，三天走个没远近。

姨夫在我家的这几天，我每天早晨都领姨夫到街口的小饭店吃刀削面。姨夫说，招人每天都领我下馆子。

2000・11・10

前两天，七舅舅就把老母接到了他家。我去接老母回家，七舅舅说，你甭接了，让四蛋给送去哇。我说，人家四蛋忙的，就让我妈坐在我车子后边回哇。七舅舅说，你妈这会手没力量了，小心抓不紧你，跟后面掉下去的。老母说，招娃子，妈手没力量了，端不住碗，吃饭的时候给你舅舅打了个碗。

2000・11・15

妻子昨天给老母买了个硬质的塑料碗。

老母好吃一种我在积德玉买的面包，那种面包表面上沾有椰子末儿。每天的早点，她都是要吃这种面包，吃完，嘴周围都沾着是白色的椰子末儿。我们要是不给她擦，她自己想不起来擦。

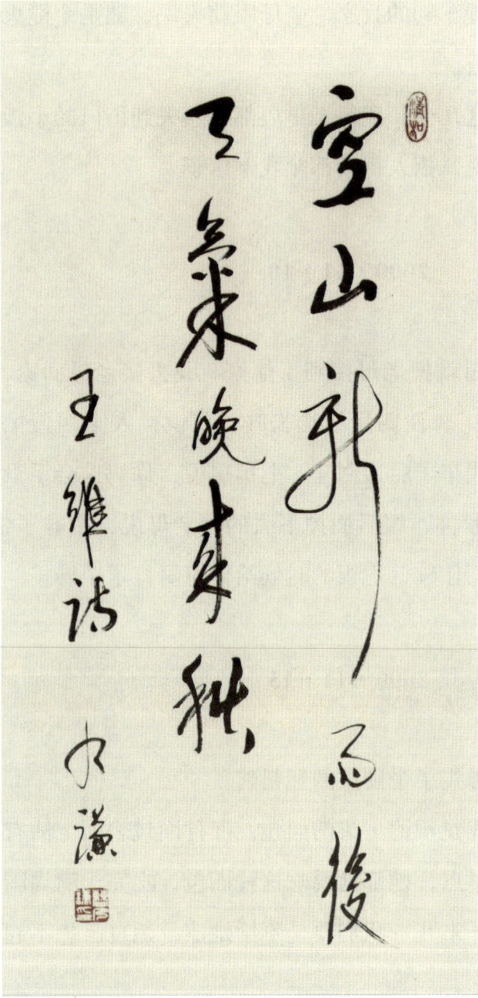
空山新雨後
天氣晚來秋
王維詩

2001·3·22

我一入家，老母跟我说我前晌给打死个蝇子。我说您真行。妻子回来了，她又说，四子我前晌打死个蝇子。妻子说，您真不简单，能打死个蝇子。又跟我说，咱家这个时候了咋会有蝇子？老母说，它就在我眼跟前绕，绕绕绕，绕得我麻烦了，一拍巴掌把它打死了。

2001·5·1

表弟一世和表妹妙妙姐弟俩来家探望姑姑。老母说，楼下有个法轮功，四蛋，你是不是进了法轮功？四蛋是表弟的小名儿。

表弟说，姑姑您咋说我是法轮功？老母说，姑姑是怕你入了那，那是个一贯道。妙妙说，一贯道是做啥呢？老母说，一贯道割蛋呢，割小孩子蛋做原子弹呢。一家人都笑。老母也笑，说，你们到是不信？一世说，姑姑您放心，我不入那。老母说，俺娃多会也要做那仁恭礼法的。

老母每天看电视，也知道法轮功是坏的。她还记得刚解放时的一贯道。

2001·7·1

丁丁的姨姐青青，把一百二十平方米的三屋一厅的房，转让给了她。

今天丁丁搬家。

我跟老母说，以后咱们住四楼，把二楼让玉玉来住。老母说，对着呢。想想又说，以后我四楼住两天，二楼住两天。我说，我就是这个意思。老母说，以后我自己就能开开门上四楼，开开门下二楼。妻子说，还想自己上下楼？您本事可大呢。我说，妈，那可做不得。您小心摔倒从楼梯上滚下去。老母说，滚下去就灰了，就跌死了，就见不着招人了。

老母的话提醒了我，我跟妻子说咱们以后一定得把门锁好，不能让她自己开了门。

2001·7·8

今天是星期日，我们搬上了四楼。

丁丁往走搬的时候，只搬了行李和锅笼等炊具，还有电视机。家里别的家具都没往走搬。我们从二楼往上搬的时候，也只是搬了行李和锅笼等炊具，还有电视机。

都安顿好后，我把老母背上了楼。

换了环境，老母很觉得新鲜，这儿看看，那儿看看。最后分析说，丁丁这个家跟你们那个家一样是一样，就是反着呢。

老母分析得对着呢。二楼和四楼这两个房面积一样大，结构也一样，就是进家的门方向不一样。二楼是门朝西，四楼是门朝东。

2001・7・18

玉玉跟北小巷八号搬到了二楼。

玉玉往二楼搬，也只搬行李和锅笼等炊具，还有电视。别的什么都是齐备的。

晚上，我们都下到了二楼吃饭。玉玉给炸了油糕。

老母说，搬家不吃糕，一年搬三遭。玉玉说，姨姨您跟草帽巷往圆通寺搬的时候吃糕没？老母说，记不得他啦。我给玉玉使眼色，意思是不叫她再提圆通寺。

2001・7・21

我们下班回来，老母又说打蝇子的事，说是咋打打不走。

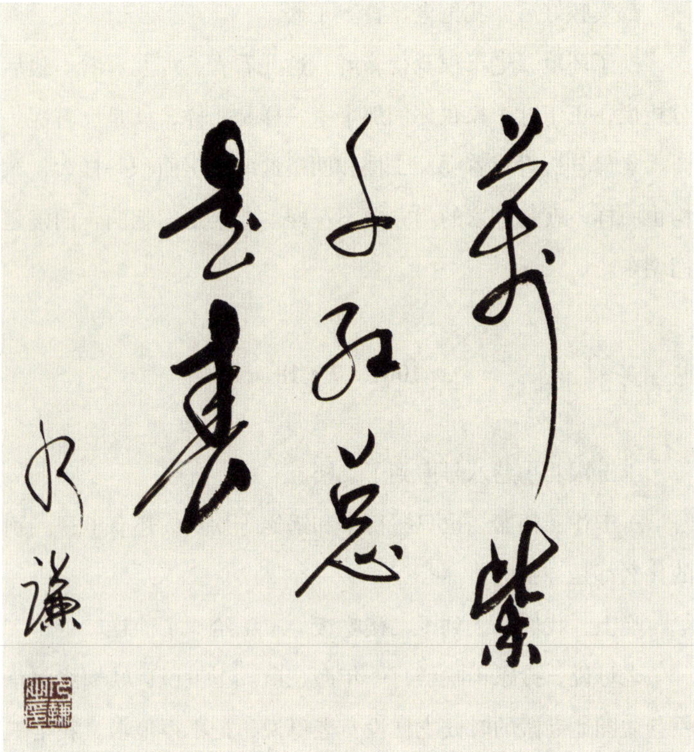

就在眼跟前绕。妻子分析说，是不是老人的眼睛有了问题，老说是有蝇子在眼前绕。

2001·7·26

老母说眼睛睁开跟没睁开一样，啥也看不见。

到五医院分院检查，说是白内障。楼下二楼小葛是分院的，她提供信息说，香港年底前有医疗队来大同，义务给白内障患者做手术。说先给我们留意着。

我打听了一下，说老年人做这种手术，不一定是能保证百分之百的效果。

叫来七舅舅商量，说已经是八十四的老人了，别做手术了。现在是不疼不痒的，万一做手术做不好白挨一刀不说，还受疼痛。

我同意舅舅的看法。最后决定是，白给做也不做。

2001·7·27

想训练老母自己到厕所，可是不成功。最后我们想了两个办法，一是只好是再给她把纸尿巾衬在内裤里。二是把楼上的钥匙给玉玉一套，让她估计着时间，勤上楼问着点“姨姨您尿呀不，想圪蹴呀不”。

我下班进家，听的玉玉在夸老母。她是刚领姨姨到厕所大便完，夸她说，姨姨真是个好娃娃。

2001·7·30

自眼睛看不见，老母自己不敢下地走路，整天是躺在床上。本想让她锻炼着走走，可又怕她跌倒摔坏，就不强求她了。只有在我们下班回来后，一个做饭，一个扶着她下地活动活动。另外就是，告诉玉玉，扶她到厕所时，顺便也扶着她在屋子里转上几圈。玉玉说，我每次都扶她转着呢，可玉玉说，姨姨有点懒，走两圈就不给好好儿走了。

我说，中午我搀扶她锻炼时，她没有表示说不想走。玉玉说，她跟你不耍赖，跟我耍赖呢。

我笑。

2001·8·5

夜里我和妻子下地小便的时候，就叫醒老母问尿不尿。要尿的话，就给她垫上接尿盆，让她尿。可大部分的情况是，她已经在半夜里给尿在床上了。那只好得给她换尿裥换裤衩换秋裤换床单。

床单下，我们早就给铺了一张大的塑料布。

换尿裥是妻子的事，洗裤衩、洗尿裥、洗秋裤、洗尿单，都是我早晨上班前必须做的事。

妻子跟老母开玩笑说，您不怕把您儿子累坏您就跟床上尿吧。老母不回答。我说，妈，我不怕。我小时候您给我洗尿裥，您老了我给您尿裥。老母笑。

2001·8·21

妻子今天中午回家时，给老母带回个医院里常见的那种给女性使用的塑料接尿器。她说夜里给妈装在裤衩里，咱们就可以安心地睡觉。

2001·8·22

早晨妻子说，又给尿床了。我说不是按了接尿器？她说，早就给揪得扔一边儿了。我说看来那种接尿器是给不会动弹的病人发明的。

怕她尿湿秋裤，我们干脆就不给她穿秋裤了，只给她身上盖着薄被。

2001·9·30

农历八月十四，明天就是八月十五。

忠义给家打来电话，说五舅舅去世了。我半天说不出话。

放下电话，老母问说谁来电话了，你咋不作声。我说是单位让我出差呢。

五妗妗是在1985年春天去世的。当时妗妗才五十四岁。也是个逢九年。五妗妗是在大同三医院去世的，我去医院探望她的时候，一进病房，丽丽拦腰把我抱住，头伏在我胸前，哭着说，表哥救救我妈。

五妗妗的两个鼻孔里插着管子，有一根管子是输氧的，有一根是一直插进了胃里。妗妗看见我，跟我说话。因为有管子，我听不清她说什么，可她还是一直说一直说。我趴在她脸跟前，才听着，她是说，招人俺孩给妗妗把管子拔了。妗妗难活得慌。可我咋敢给拔。我说，妗妗，大夫抢救您呢，不能拔。妗妗失望地唉口气，摇摇头。看着妗妗痛苦的样子，我却只能是无奈又无助又伤心地站在那样。

2001·10·2

我把老母抱到楼下玉玉家。我跟老母说我出差走几天。

2001·10·9

我下楼看老母，说妈我出差回来了。老母说，你五舅舅也回村养病去了？我一下子不知道该怎么回答，假装没听着她的问话，走开了。

玉玉悄悄跟我说，姨姨知道五舅舅去世了。我问说谁给说漏了。玉玉说是人家自己猜着了。玉玉说，姨姨问我，你五舅舅过八月十五也不来眊我，莫非也是回村养病去了？我问，你咋说？玉玉说，我说您养您的病哇，甭管他别人。姨姨说，我知道他就是回村养病去了。

七妗妗去世，我们跟老母说是回村养病去了。可她已经猜着是怎么回事了，但从来没把这个事说破，两年过去了，她在嘴里一直是没再提七妗妗。

我想，老母以后也一定是不再提到五舅舅了。

我不知道老母采取这种不表示悲伤，也不表示关心的态度，是不是她真的就不悲伤、不关心？我真的不知道这种“假装不知道”的方法，她在心里是怎么想的。当然了，老母不挑明，我们更不会说，万一引起她的病症来，那就麻烦大了。

2001·10·12

今天我发现，老母眼睛虽然是看不见了，可她在用嘴唇试着手里拿的是什么。是纸？手绢？

2001·10·19

下着雨。中午赶快回来收拾晾在外面的尿裥，但已经都湿了。

外面不能晾东西。只好是在家里到处拉着绳子晾尿裥。

饭后妻子翻找出好多估计不穿的内衣，又加工出了好多的尿裥。

看着这么多的干尿裥，我先是很高兴。哇，这么多！但马上又苦笑地摇摇头。

2001・11・4

早晨妻子把我叫醒。指着老母的屋子，让过去看。

老母夜里乱滚，不知道在啥时候连同被子一块儿滚在了地下，但她还呼呼地睡着。

她以前就掉过两次地，但都没摔着。

但不能这样了，不能再让她掉地了。万一摔坏就麻烦大了。我们决定给她打地铺。

家里有两张山羊皮褥子两块羊毛毡子，都摞在了一起，上面再加上两张棉褥子。厚厚的一个地铺。

正好丽丽提着香蕉来看姑姑了。看见姑姑躺在这么厚的地铺上，丽丽也跟老母并排躺在了一起，跟姑姑说话。

丽丽跟我妻子说，表嫂，姑姑一天尿床，身上没有一点尿臊味。妻子说，是你表哥给洗得勤。

老母有七个亲侄女，也就是说，我有七个表妹。实话实说，也只有丽丽才能跟姑姑这么亲热地躺在一起。别的表妹是不会这样子的。

2002・1・4

早晨发现，放在老母枕头边儿的少半卷卫生纸，都让老母撕了。成了碎长条。

妻子给老母洗脸时发现，老母的袖筒儿里，填了好多的卫生纸的纸团儿。问她把卫生纸撕碎做什么，她不言语。

我说老母是不是又犯病了。妻子说千万别再犯成以前的那种胡说乱道的，要犯就犯成这样的，自己瞎玩儿，不影响咱们休息。

2002・1・9

下班回家，看见老母用牙使劲地咬床单儿，咬衣服。

妻子说她，她不理，也不松口。眼睛还痴痴的。

我大声喊着说，妈，妈，吃饭啦。她这才回转过神来。我又低声说，妈，吃饭呀。

她这才噢地答应了一声。好像是正常了。

2002·1·14

老母的行为正常了几天，今天又不正常了。

早晨妻子给她洗脸，她说，你这是跟哪儿端来的水？我锄了一后晌，正还渴的。

妻子说，洗完脸，咱们就喝奶子。

老母说，我喝水。我渴的想喝水。

2002·1·18

问大夫，说老母这种行为属于老年痴呆。对于一个八十五六岁的老人来说，属于正常现象。

大夫提醒我说，像这样的情况，只要别再受到外界刺激，不会有严重的发展。

2002·1·20

玉玉给老母喂饭，老母说，你看，庄稼都熟了。这新玉茭倒撇上了。

玉玉说，您吃哇，新玉茭。

老母说，新玉茭。

妻子说，像这样也很可爱。

2002·2·26

外边整夜的放爆竹有声响，使得老母受了惊吓。

我给她喂饭时，她一把把我推开说，哎呀！倒了。我问啥倒了，她说，崖头，说着又猛地一推，差点把我推倒，我把她的塑料碗也掉地上了。我说，妈你干啥推我。她说，不推你你就叫崖头给捂住了。

2002·3·20

夜里睡梦中，突然听到老母在大声地喊“曹乃谦！曹乃谦！”声音大得吓人，我赶快过去，可她还呼呼地睡着。

她这是梦着啥了。她这是头一次梦里喊我的大名。

2002·3·29

夜里让老母吵得睡不好，中午我们抓紧着休息。

可又让老母的“招人招人”的喊叫声给叫醒。我赶快过去说，妈，您甭叫喊，让我睡会儿。她听着有人说话，问我，你是招人？我说，妈，您要啥？她说，妈寻不着你家了，你往回送送妈。

2002・4・11

早晨妻子开门看见地铺上没有老母，哪去了？

妻子喊我。

原来老母是在墙拐角，上半个身子在椅子底下钻着，头冲着墙，面朝天。问她干啥呢，她说，妈钻进鸡窝取蛋，贵贱够不着。

地铺距离着椅子有四米远，她咋就给滚到那里了。

2002・4・14

老母半夜号叫，拿手拍墙的木裙，那音响楼上楼下都应该是能听着。果然早晨有邻居问说，老人又折腾呢？给她喂点安眠药。

2002·4·15

听了邻居的，黑夜喂了老母半颗安眠药，可是该吃饭的时候怎么也叫不醒她。以后不能再用这种办法了。

2002·4·17

玉玉说，把老人送我家，我给看上半个月。

当时我的棋友顾晓正跟我下围棋。顾晓说，来，我给抱大妈。他把老母端抱下楼。

这下我们能好好儿地睡个安稳觉了。

2002·5·2

我每天都下楼看老母，玉玉说姨姨真失笑。

玉玉不上班，她能在老母睡着的时候，她也能睡觉。

下面是玉玉讲的老母在这半个月的故事。

一是，老母说，等等等等，我先跟下下木头。

二是，老母说，找找锹把子。

三是，老母说，把那厢的小山药蛋擦上丝子烩上，那可不麻，小是小点，不麻。

四是，老母说，你还拿手巾呢？我见你给我洗脸。

五是，老母说，你后晌不出地受去啦？

六是，老母说，四子四子，是不是做饭呢？

七是，老母说，楞了一块糕。“楞”是应县村里的话，吃的意思。

八是，玉玉问老母，您咋把盖窝扔一边了？老母说，我能抱动个盖窝？

2002·5·7

该大便了，我把她抱到卫生间，抱在马桶上让她坐好。怕她迷迷糊糊地跌倒，我就一直扶着她。怕她后背不舒服，给她垫着枕头。

老母说，小车是咱的，你推过来。

2002·6·1

她有时好像也清楚，今天给她喂早点时说，给我围上“哈拉”，要不会把奶子流脯子上。

2002·6·20

她老躺着不行，怕她起褥疮，中午我从单位一回家就把她抱起让坐在椅子上，我们做饭。可又怕她从椅子上摔下来，用一根带子从当腰拦住，后边挽在椅背上。

2002·6·22

老母又是喊叫了一夜，喊得我们睡不着，可第二天还得上班。

我跟妻子商量，让她躲到丁丁家，我熬不行再让她回来换我，轮着休息。

2002·6·23

妻子躲在丁丁家了。

连着三天的半夜里，老母都要喊叫，第四天夜里才安稳地睡觉。

我产生了一下想自杀的念头。

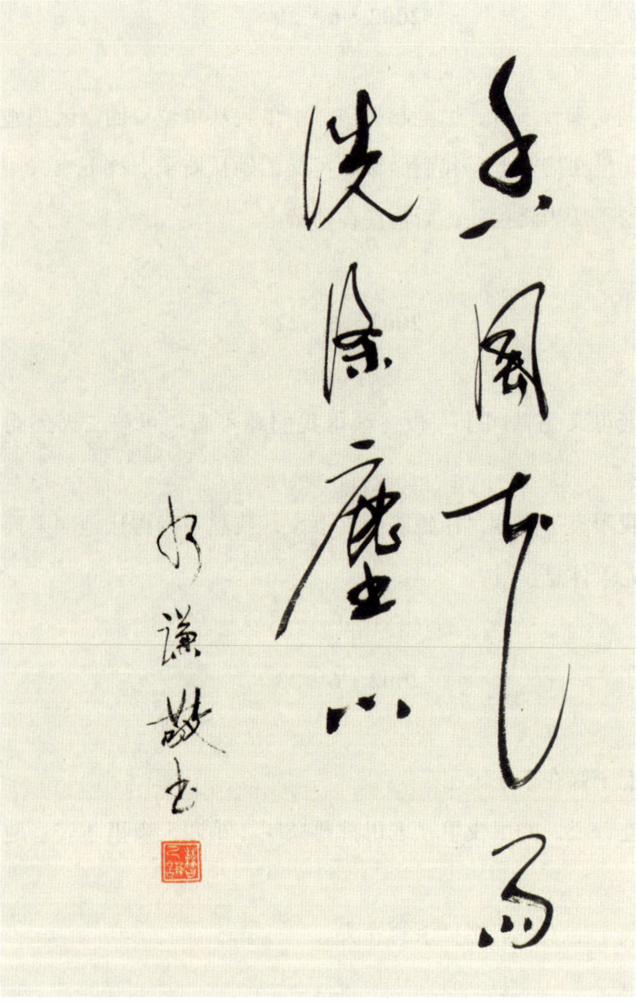

2002·7·3

中午我回来，老母说，招人，妈跟你说个话。我说，说吧。您说啥？

老母说，你看，尽苦菜，看尔这好苦菜，挑！沤上三六斗瓮。

2002·7·4

老母说，乃谦，我才刚去你家，可贵践寻不着你家。

2002·7·5

中午回家找不见老母，是玉玉又上来把老母接走了。

有玉玉的帮助，我和妻子才能好好地歇缓了歇缓。

2002·7·25

老母说，你别往死捂我孩子，我让你来，让你来扑，不楔死你是假的。

2002·7·27

老母说，招人。

我说，噢。

老母说，来。

我说，做啥？妈。

老母说，来，你给往醒叫叫妈。

我说，妈，你醒醒。

老母说，招人，你给捎个话。

我说，噢，捎啥话。

老母说，你说给招人，叫他来搬搬他妈。

2002·7·28

睡觉前，我把尿盆垫好说，妈。尿哇。

老母说，妈尿完了，你就把妈从毛驴上放下来。

我说，噢，您尿哇。

老母说，快！把毛驴给断住。“断”是应县村里的土话，意思是追。

我说，您先尿哇，尿完再说。

老母很生气的样子，说，你就喊“得儿得儿”它就站住了。

为了让她安静下来，我不住气地“得儿得儿”。

妻子听着了以为干啥，也过来了。她后来也跟着“得儿得儿”地喊。

2002·7·29

我实在是瞌睡得不行了。在办公室睡了一下午，晚7点妻子打电话才把我叫醒。

2002·8·1

妻子跟中医开了些安神的药。吃饭时，把安神药弄成米粒大小，放在稀粥里，可是老母把米都喝了就是把药留在了碗底。

2002·8·7

换了种安神的药。

老母把药的糖衣抿过后，把苦药给偷偷地塞在了床铺底下。刚才整理床铺，才发现底下有好多的没了糖衣的黑色药粒。

2002・8・23

这些时，老母很安静，不乱说了，问话也能正常地回答。

我跟妻子因为老母的正常而高兴。这样，我们也能够正常地作息了。

2002・9・4

七舅舅说，让姐姐到我家住上些日子哇。

2002・10・4

在七舅舅家一个月，七舅舅说老母一个月里没有说瞎话。

看来，老母在白天得有个人跟她陪伴着才行。

2002·10·6

我跟玉玉说，你没事了就上来跟姨姨说话，一个是陪伴她；二个是跟她说话，她就不睡觉。要不的话，她白天睡足了，黑夜里就会大喊大叫。

2002·11·2

午饭熟了，我推开门大声叫说，妈，开饭呀。她不理我，可刚才我见她在动，知道她是在装睡。我冲着门外说，四女儿，咱们先吃哇，我妈睡着了。她突然大声地说，我也要吃呢。

2002·11·24

老母有八天没拉了，我们光是喂她菜和香蕉，还是不拉。

高大娘家的二虎和小郝来看老母了。正好他们也给买来香蕉。小郝喂老人香蕉。二虎带来高大娘的问候，老人高兴，也问候高大娘。就说话就把一根香蕉吃了。

老母的脑子里还有我要吃，要喝，要坚决地活下去的欲望。

2002·11·27

今天老母终于说想圪蹴呀。我们早就给准备好了开塞露，可用不着，我把老母抱到卫生间，放在马桶上，不一会就大便了。

我们真高兴。

2002·12·7

老母早晨流鼻涕，早饭也明显得少了，只把奶子喝了，椰味儿面包吃了几口。

我给喂了感冒药。

这天是星期六，我在家。

午饭熟了，叫她，她不答应。我跟妻子说，她感冒了，叫醒也不想吃，要不叫她睡吧。一会儿等睡醒，我专门给她做溜鸡蛋拌疙瘩汤。

老母安静地睡了，我们也抓紧时间午休。平时休息不好，这一觉睡醒来，一看，已经是下午四点了。可老母还睡着。

我觉得有点不对，我就大声地叫她，可咋叫，都不答应。我着急了，说妻子，你赶快下楼叫玉玉。

玉玉上来，也姨姨、姨姨地叫，也不理。妻子捉住老母手腕，说摸不住脉。再看胸脯好像也没有起伏。玉玉说，姨哥快换衣裳吧。

玉玉说的换衣裳是换装老寿衣。妻子赶快给跟衣柜里够出来，她们两个给换的时候，老母仍然是没有半点反应。任由她们摆布。

我就哭就“妈，妈”地大声地呼喊。

穿的当中，屋子一下子黑了。是停电了。赶快又忙着找蜡烛，可一着急了又一下子找不到。玉玉赶快下楼，到她家去取。

点着蜡烛，这才把寿衣换好。

我趴在穿着寿衣的老母身上，大声地嚎哭。

妻子一把把我推开。她说她看见老母的嘴唇在微微张合。妻子把耳朵贴在老母的嘴上听听说，快，妈答应你呢。快，再叫。

我又大声“妈！妈”地叫。

“妈！妈　　”我大声喊。

老母睁开了眼。这时，屋子一下子亮了。来电了。

我赶快趴下身叫“妈”，老母嘴张了一下，很微弱地“哎”了一声，回答我。

我们高兴得又是笑又是哭。

2002·12·8

昨晚，老母又活转了过来。我们喂她奶子，还喝了有半碗。玉玉说，看把寿衣弄脏。我们就给她又把装老衣脱掉，换上了平常的衣裤。

今天是星期日。

早晨玉玉早早地上来了，帮着妻子给老母洗脸洗身。喂面包不吃，又喝了半碗奶子。

老母说话声音很弱，但很清晰。妻子还问她说，妈，您昨天梦见阎王爷没？老母笑。

老母听到妻子逗她，笑。这说明老母的脑子清醒。

中午又喂她面包，还不吃。我说您不吃东西不行啊妈。

老母摇头。

妻子说，咱们把奶粉调进牛奶里，浓浓的。

中午老母又喝了半碗浓奶子。

晚上八点多，看着老母嘴动，我赶快趴下问她说啥。她说给妈拉一段。

哇！老母让我拉二胡。她要听我拉二胡。

我赶快把二胡取出来，拉了一段《白毛女》里的《北风吹吹》。

老母想听我拉二胡，我很是感动。就拉就流泪。

反复地拉了几次，看着老母是闭上了眼，老母睡着了。

2002・12・9

早晨我们又喂了老母半碗浓奶子。她一直是不睁眼。但奶子都咽进去了。

中午十一点，妻子跟单位回来，先进老母屋，轻轻地冲着老母叫了一声“妈”，老母“哎”地，很响亮地答应了一声。

今天是星期一，我没去单位上班，一直守着老母。可我一上午都叫过没数儿回“妈”了，她都是在昏睡着，没回答我。

2002・12・11

老母一直是昏睡着。

七舅舅来过，表哥跟表嫂来过，一世来过，都叫老母，可老母一直是没有回答。

我不住地“妈妈”地叫着，想叫醒她喝点水，可咋叫，她都不应答。一直是在昏睡，好像还能微微地听到打鼾的声音。

2002 · 12 · 12

老母一直是在昏睡。

我回想起，四天了，她只是回答过妻子的那一声，而且是很响亮地“哎”地应答了一声。

下午，五舅舅家的丽丽来了，七舅舅家的妙妙、平平、改改、改存都来了。

丽丽躺在老母身旁，攥着姑姑的手，跟老母说话，她还想像那天，跟姑姑说话。可姑姑不理睬她。一会儿，丽丽说，姑姑身上有臭味，是不是拉出来了。她揭开老母的被子，说真的拉了。

玉玉赶快帮着丽丽给打扫。可是，不一会儿，老母又拉了。每隔那么几分钟就拉一次，总共拉了四次。都是丽丽和玉玉给打扫的。

妙妙说，这是在清肠呢。她说我妈那会儿也是这样。

下午五点钟，八十六岁的老母，心脏停止了跳动。

我洗了一夜的东西，我就洗就嚎哭。

我把老母脱下的衣服，把老母的所有的包括袜子、手绢在内，都一件一件地清洗出来。

我就洗就嚎哭。

我把老母所有的尿裥，一块一块地都清洗了一遍。

我就洗就嚎哭。

半夜，把家里所有的绳子都搭满了老母的东西。

玉玉和妻子在那个屋睡了。我握着老母的手，躺在她的身边。

突然我听到老母，在“招人招人”地喊我，我“哎哎”地就答应就赶紧趴起身。

老母就在我身旁。穿着妆老寿衣，面朝着天，在那里躺着。

我摸摸她的手，她的手冰凉冰凉。

我的泪水，冰凉冰凉。